ESTE DIÁRIO PERTENCE A:

Nikki J. Maxwell

PARTICULAR E CONFIDENCIAL

Se encontrá-lo perdido, por favor devolva para MIM em troca de uma RECOMPENSA!

(PROIBIDO BISBILHOTAR!!!☹)

TAMBÉM DE Rachel Renée Russell

Diário de uma garota nada popular:
histórias de uma vida nem um pouco fabulosa

Diário de uma garota nada popular 2:
histórias de uma baladeira nem um pouco glamourosa

Diário de uma garota nada popular 3:
histórias de uma pop star nem um pouco talentosa

Diário de uma garota nada popular 3,5:
como escrever um diário nada popular

Diário de uma garota nada popular 4:
histórias de uma patinadora nem um pouco graciosa

Diário de uma garota nada popular 5:
histórias de uma sabichona nem um pouco esperta

Diário de uma garota nada popular 6:
histórias de uma destruidora de corações nem um pouco feliz

Diário de uma garota nada popular 6,5: tudo sobre mim!

Diário de uma garota nada popular 7:
histórias de uma estrela de TV nem um pouco famosa

Diário de uma garota nada popular 8:
histórias de um conto de fadas nem um pouco encantado

Diário de uma garota nada popular 9:
histórias de uma rainha do drama nem um pouco tonta

Diário de uma garota nada popular 10:
histórias de uma babá de cachorros nem um pouco habilidosa

Diário de uma garota nada popular 11:
histórias de uma falsiane nem um pouco simpática

Diário de uma garota nada popular 12:
histórias de um crush nem um pouco secreto

Diário de uma garota nada popular 13:
histórias de um aniversário nem um pouco feliz

Rachel Renée Russell

DIÁRIO
de uma garota nada popular

Histórias de uma amizade nem um pouco sincera

Com Nikki Russell

Tradução: Carolina Caires Coelho

5ª edição

Rio de Janeiro-RJ/São Paulo-SP, 2025

VERUS
EDITORA

TÍTULO ORIGINAL: Dork Diaries: Tales from a Not-So-Best Friend Forever
EDITORA: Raïssa Castro
COORDENADORA EDITORIAL: Ana Paula Gomes
COPIDESQUE: Cleide Salme
REVISÃO: Maria Lúcia A. Maier
DIAGRAMAÇÃO: Renata Vidal
CAPA, PROJETO GRÁFICO E ILUSTRAÇÕES: Lisa Vega e Rachel Reneé Russell

Copyright © Rachel Reneé Russell, 2019
Tradução © Verus Editora, 2020
ISBN 978-85-7686-313-7
Todos os direitos reservados, no Brasil, por Verus Editora.
Nenhuma parte desta obra pode ser reproduzida ou transmitida por qualquer forma e/ou quaisquer meios (eletrônico ou mecânico, incluindo fotocópia e gravação) ou arquivada em qualquer sistema ou banco de dados sem permissão escrita da editora.

VERUS EDITORA LTDA. Rua Argentina, 171, São Cristóvão, Rio de Janeiro/RJ, 20921-380 www.veruseditora.com.br

CIP-BRASIL. CATALOGAÇÃO NA FONTE
SINDICATO NACIONAL DOS EDITORES DE LIVROS, RJ

R925d

Russell, Rachel Renée, 1959-

Diário de uma garota nada popular 14 : histórias de uma amizade nem um pouco sincera / Rachel Renée Russell ; tradução Carolina Caires Coelho. – 5. ed. – Rio de Janeiro [RJ] : Verus, 2025.

: il. (Diário de uma garota nada popular ; 14)

Tradução de: Dork Diaries 14 : Tales from a Not-So-Best Friend Forever
Sequência de: Diário de uma garota nada popular 13
ISBN 978-85-7686-313-7

1. Ficção. 2. Literatura juvenil americana. I. Coelho, Carolina Caires. II. Título. III. Série.

19-61573

CDD: 808.899283
CDU: 82-93(73)

Meri Gleice Rodrigues de Souza - Bibliotecária CRB-7/6439

Revisado conforme o novo acordo ortográfico.

Para Fariah Marie

Continue sonhando e explorando!
Sua criatividade e imaginação
vão te levar longe!

TERÇA-FEIRA, 1º DE JULHO

Vou viver o VERÃO. MAIS. INCRÍVEL. DA. MINHA. VIDA!! ÊÊÊÊÊÊ ☺!!!

Eu participei do show de talentos da escola no ano passado, e o juiz era Trevor Chase, um produtor musical que trabalha com todos os grandes ASTROS POP! Ele é ex-aluno da minha escola, a Westchester Country Day. E vocês não vão acreditar! Ele escolheu a MIM e ao meu GRUPO para fazer o show de abertura na turnê da BAD BOYZ, uma boy band famosa no mundo todo!

Vamos nos unir a eles na turnê nacional por um mês. É um SONHO se tornando realidade! A qualquer minuto, Trevor Chase vai ligar PARA MIM para confirmar nossa participação na turnê! ÊÊÊÊÊÊ ☺!! Por isso estou com meu celular bem perto de mim enquanto escrevo no meu... Epa! Mas o quê...?!!

AI, MEU DEUS! ONDE ESTÁ O MEU CELULAR? DESAPARECEU ☹!! OLHA O QUE ACONTECEU DEPOIS!!...

Tudo bem, isso é MUITO ruim!

Não acredito que perdi o telefonema do Trevor. Quando consegui pegar o celular da mão da Brianna, ele tinha desligado!

Trevor quer marcar uma reunião com os membros da minha banda e nossos pais para repassarmos a programação da turnê e assinar os contratos! O MAIS RÁPIDO POSSÍVEL!

Mas graças à minha irmã PESTINHA, a Brianna, ele NUNCA mais vai me ligar, porque provavelmente está pensando que o número ESTÁ ERRADO!

AI, MEU DEUS! Acabei de pensar em uma coisa HORROROSA!...

E SE O TREVOR NOS TROCAR POR OUTRA BANDA COMO ATRAÇÃO DE ABERTURA ☹?!!

Isso NÃO PODIA estar acontecendo comigo! Eu estava torcendo para ser só outro PESADELO bastante ruim e para que a qualquer momento eu acordasse na minha cama e tudo tivesse passado!

Mas então eu notei que estava exagerando na reação.

Precisava ficar CALMA e EQUILIBRADA para lidar com esse problema como uma jovem MADURA!

Voltei correndo para o meu quarto com o telefone. Só que dessa vez eu TRANQUEI a porta para que a Brianna não pudesse tentar INVADIR o lugar e DESTRUIR completamente a minha VIDA! DE NOVO ☹!

Então elaborei um plano brilhante para consertar tudo, incluindo um plano B e um plano C de emergência.

PASSO 1: Ligar para Trevor Chase, explicar que eu perdi a ligação dele e dizer que minha banda está MEGA-animada com a turnê que está chegando.

PASSO 2: Fingir que não sei nada a respeito da DOIDA DESVAIRADA que DESLIGOU na cara dele!

PROBLEMA RESOLVIDO ☺!!

Respirei fundo, peguei meu telefone e, com nervosismo, digitei o número dele...

SEM PROBLEMA ☺! Agora era o momento de pôr em prática meu PLANO B! Era só deixar uma MENSAGEM detalhada!...

SEM PROBLEMA ☺! Agora era hora de pôr em prática meu PLANO C DE EMERGÊNCIA!...

Dar um CHILIQUE COMPLETO e FAZER aquela PERGUNTA profundamente filosófica que os jovens têm dificuldade para responder desde o início dos tempos!...

QUE ÓTIMO ☹!!

Quem poderia pensar em FÉRIAS em um momento assim?! Será que esse homem não SE DÁ CONTA de que precisa cuidar de coisas importantes antes que seja tarde demais?! ONDE estão as PRIORIDADES dele?

Infelizmente, a menos que eu entre em contato com Trevor em breve, parece que minha banda e eu NÃO vamos abrir o show da BAD BOYZ esse verão!

Ei! Talvez NÃO seja tarde demais para eu mudar de ideia e fazer aquela viagem para PARIS que recusei por causa dessa turnê da banda. Se eu estiver a 5.792 quilômetros de distância, em outro continente, NÃO vou ter que dar a notícia muito RUIM para minhas melhores amigas, a Chloe e a Zoey, de que DESTRUÍ o SONHO delas de fazer uma turnê com a Bad Boyz!

E, como se ISSO não fosse ruim o suficiente, ARRUINEI o verão delas e as TRAUMATIZEI para sempre!!

!

QUARTA-FEIRA, 2 DE JULHO

Liguei para Trevor Chase umas dez vezes hoje, mas não tive sorte. A caixa de mensagens dele AINDA está cheia!

Uma parte de mim tem a esperança de que tudo vai dar certo, mas a outra parte já está pensando no pior. POR QUÊ?

Porque minha vida entediante pode se transformar em uma CATÁSTROFE completa em poucos minutos!

Então fiquei um pouco ansiosa quando meu crush, o Brandon, e eu começamos a passar mais tempo juntos nesse verão.

Certo, eu admito. Nós gostamos muito um do outro. MUITO ☺!

Mas isso não me impede de me estressar com a possibilidade de um dia fazer algo IDIOTA e sem querer sabotar nossa amizade!

Tipo, e se...

MINHA IDEIA FOFA DE DIVIDIR UM SUNDAE ENORME ACABOU EM SUJEIRA ☹!

O FILME COM TEMA DE HALLOWEEN QUE ESCOLHI NÃO ERA UMA COMÉDIA ☹!

EU, OLHANDO PARA O BRANDON
E NÃO PARA OS FOGOS DE ARTIFÍCIO

Entende o que estou dizendo?! Posso transformar uma situação perfeitamente normal em algo **ABSURDAMENTE EMBARAÇOSO!**

Claro, eu ando de um lado para o outro com um sorrisão no rosto, como se eu estivesse no controle e tudo estivesse bem! Mas o mundo não tem ideia NENHUMA de como eu REALMENTE me sinto perdida, insegura e confusa.

SIM! EU SEI!

Eu preciso RELAXAR e parar de RESMUNGAR sobre como minha vida é TERRÍVEL (quando na realidade sou muito sortuda)!

Será que tem um aplicativo para isso?!

Tipo, Pare-de-Mimimi-e-Calma.

Com certeza eu baixaria no meu celular e usaria todos os dias!

☺!!

QUINTA-FEIRA, 3 DE JULHO

Eu consigo entender totalmente por que o quarto de uma pessoa pode ficar bagunçado. Mas uma caixa de mensagens LOTADA por dias é simplesmente... IRRESPONSÁVEL E PREGUIÇOSO!

Diferentemente da quantidade de tempo e energia que é necessária para limpar um quarto, você pode selecionar e deletar mensagens de telefone enquanto está na cama ouvindo suas músicas PREFERIDAS. Os empresários do ramo da música não têm ASSISTENTES para cuidar desse tipo de coisa?

Bem, meu aniversário foi no sábado passado, e eu dei uma baita festa na piscina! E hoje FINALMENTE consegui ver o presente de aniversário especial da minha avó.

Ela redecorou o meu quarto! ÊÊÊÊÊÊ ^^^^^^ ☺! A parte mais legal é um novo banco perto da janela, onde posso me sentar para ler um livro e escrever no meu diário! A Chloe e a Zoey estavam MORRENDO para ver o meu QUARTO e todos os presentes! Por isso tive a brilhante ideia de convidá-las para dormir em casa (e me ajudar a escrever bilhetes de agradecimento)! . . .

"Você ADOROU, Nikki?! Agora nós três temos camisetas combinando da Bad Boyz!", disse Chloe, admirando minha camiseta cor-de-rosa brilhante. "Podemos usá-las na turnê!"

"AI, MEU DEUS! Você já ouviu a música nova deles?! Escuta!", disse Zoey ao começar a tocar "Te amo! (quase tanto quanto amo meu skate)" no celular.

Como estávamos falando da Bad Boyz, era a oportunidade PERFEITA para que eu fizesse algo sincero e maduro e casualmente citasse a possibilidade de, sabe...

O LANCE DA TURNÊ **NÃO** ACONTECER ☹!

Mas acho que eu não estava me sentindo muito sincera nem madura naquele momento. Não ajudou muito que a Chloe e a Zoey estivessem SUPERanimadas em relação à turnê e não PARASSEM de falar disso. E eu juro que aquela música idiota estava me dando enxaqueca.

"EU AINDA não consigo acreditar que vamos abrir o show da Bad Boyz em parte da turnê nacional da banda!", disse Chloe ao abrir a bolsa dela. "Dá uma olhada nisso! Estou colecionando dezenas de artigos de revista sobre eles!"...

CHLOE, MOSTRANDO A PILHA DE REVISTAS A RESPEITO DA BAD BOYZ

"NIKKI! ZOEY! Acabei de ter uma ideia FANTÁSTICA!", disse Chloe, de repente. "Nós devíamos ler TODAS as matérias a respeito da Bad Boyz. Então, quando finalmente os encontrarmos, já saberemos quase tudo sobre eles!"

"Chloe, eu ADOREI a sua ideia!", Zoey gritou. "Vamos fazer um LIVRO DE RECORTES da turnê da Bad Boyz! Assim teremos NOSSAS fotos e recordações legais da turnê!"

"Vamos GUARDAR TUDO pelo resto da vida!", Chloe fungou e lutou contra as lágrimas enquanto abraçava as revistas de encontro ao peito. "E talvez um dia a gente divida isso com nossos... futuros FILHOS!"

QUE ÓTIMO!

Agora eu me senti ainda PIOR ☹!

Por eu ter perdido uma ligação IDIOTA, nós NÃO ÍAMOS mais conhecer a Bad Boyz nem dividiríamos a experiência com nossos futuros filhos.

Desculpa! Mas não consegui contar a VERDADE a Chloe e a Zoey porque não queria ARRASAR as duas desse jeito!

Mas fiz algo gentil. Preparei um PETISCO delicioso de pipoca com manteiga derretida! Então sentamos na minha cama e começamos a ler matérias de revistas...

CONHEÇA A BAD BOYZ!

AIDAN CARPENTER
Cantor e coreógrafo

APELIDO: Crash   CIDADE NATAL: Houston, Texas

GOSTA DE: skate, HQ, programas de pegadinhas na TV

NÃO GOSTA DE: ficar sem fazer nada, ficar sério, salada e regras

FATO POUCO CONHECIDO: Aidan quase foi expulso da Bad Boyz quando armou uma pegadinha no primeiro ensaio deles enchendo a garrafa de água dos outros garotos com vinagre. CREDO! Por sorte, os meninos acharam hilário e convenceram o empresário a deixar Aidan ficar. Mas agora nenhum deles deixa a garrafa de água largada por aí!

GORDICE PREFERIDA: batata frita

PERSONALIDADE: Aidan gosta de fazer pegadinhas, é o mais brincalhão do grupo. Ele é a pessoa que está sempre fazendo piadas e distraindo os colegas de banda quando todos deveriam estar ensaiando. Mas isso é porque ele aprende as coreografias mais rápido, então não precisa tanto de ensaio e fica entediado. Ele fez aulas de balé, sapateado e jazz na Escola de Dança da Miss Madeline, em Houston, Texas.

O QUE OS AMIGOS DE BANDA DIZEM SOBRE ELE: "Nós achamos que as pegadinhas do Aidan têm origem em um medo profundo de que o mundo descubra que ele é um cara legal e passe a usar isso contra ele. Ou talvez ele seja simplesmente muito, muito imaturo!"

OBJETO MAIS ADORADO: um skate assinado por Tony Hawk

QUALIDADE MAIS IMPORTANTE EM UMA CRUSH: senso de humor!

SE NÃO FOSSE UM ASTRO DE SUCESSO INTERNACIONAL, O QUE ELE SERIA: "Skatista profissional".

VICTOR CHEN

Cantor e rapper

APELIDO: Cobra   CIDADE NATAL: Miami, Flórida

GOSTA DE: fazer uns beats incríveis, videogames, Miami Dolphins e ketchup

NÃO GOSTA DE: frio, banana, acordar cedo e aranhas

FATO POUCO CONHECIDO: Vic venceu o concurso de soletrar da escola com a palavra "jararacuçu". É uma espécie de cobra! Hum... será que foi assim que ele ganhou seu apelido?

GORDICE PREFERIDA: nachos

PERSONALIDADE: Vic é o MAIS IRADO da Bad Boyz, um cara durão de verdade que nunca mostra seu lado mais sensível (pelo menos quando está no palco). Ele vem das ruas de Miami (na verdade dos bairros residenciais, mas não conte para ninguém). Organizou seu primeiro grupo de dança aos nove anos e tem um passinho animal de break que ganhou o nome dele (Cobra).

O QUE OS AMIGOS DE BANDA DIZEM SOBRE ELE: "Não se deixem enganar. O Vic é um ursinho fofinho. Bom... um ursinho forte o suficiente para aguentar uns tornados... mas, AINDA assim, fofinho!"

OBJETO MAIS ADORADO: uma jaqueta de couro que era do Prince

QUALIDADE MAIS IMPORTANTE EM UMA CRUSH: confiança

SE NÃO FOSSE UM ASTRO DE SUCESSO INTERNACIONAL, O QUE ELE SERIA: "Piloto de corrida. Meu primeiro emprego foi na loja de carros do meu tio, e eu ainda passo por lá para mexer em motores quando estou em Miami".

NICOLAS PEREZ
Cantor e compositor

APELIDO: Romeu   CIDADE NATAL: Nova York, NY

GOSTA DE: longas caminhadas na praia, poesia, café puro e meditação

NÃO GOSTA DE: esportes, desonestidade, marshmallow, comerciais de TV

FATO POUCO CONHECIDO: Nick ama comédias românticas e chora ao assistir filmes tristes.

GORDICE PREFERIDA: pizza

PERSONALIDADE: Nick é o artista sensível do grupo, o que poderia ficar acordado a noite toda discutindo filosofia ou escrevendo uma balada romântica. O fato de ele ser um pouco emo não o impede de chacoalhar a cabeça de cabelos perfeitamente desgrenhados e se divertir. Mas a prioridade máxima dele é sempre cuidar para que VOCÊ se divirta. Ele te respeita, garota!

O QUE OS AMIGOS DE BANDA DIZEM SOBRE ELE: "Nick pode ser um romântico inveterado ou um grande paquerador. Sem dúvida, é o que mais arrasa corações. Mas secretamente o cara ainda dorme com um ursinho de pelúcia! E, se perguntarem, nós não dissemos nada!"

OBJETO MAIS ADORADO: o diário no qual ele escreve poesia e letras de música

QUALIDADE MAIS IMPORTANTE EM UMA CRUSH: uma alma bonita

SE NÃO FOSSE UM ASTRO DE SUCESSO INTERNACIONAL, O QUE ELE SERIA: "Poeta ou voluntário na Corpo da Paz, para ajudar a tornar o mundo um lugar melhor. Provavelmente eu também trabalharia na pizzaria da minha família sempre que precisassem de mim".

JOSHUA JOHNSON

Vocalista, toca piano e vários outros instrumentos

APELIDO: Queridinho da prô   CIDADE NATAL: Los Angeles, Califórnia

GOSTA DE: cachorros, chocolate, filmes de terror, resolver problemas de física

NÃO GOSTA DE: brócolis, multidões (a menos que ele esteja no palco), palhaços

FATO POUCO CONHECIDO: Joshua se formou um ano antes no ensino médio e entrou em Harvard um pouco antes de conseguir uma vaga na Bad Boyz! Ele pretende fazer faculdade no futuro.

GORDICE PREFERIDA: brownie e sorvete

PERSONALIDADE: Joshua é o nerd do grupo e um filhinho da mamãe. Ele é um pouco introvertido, prefere conversas a dois a festas grandes e faz com que todas as pessoas com quem conversa se sintam as mais importantes do mundo. É Corvinal com orgulho!

O QUE OS AMIGOS DE BANDA DIZEM SOBRE ELE: "Nossa! O Josh é muito inteligente. Ele fala umas coisas... A gente nem faz ideia! Não ficaríamos surpresos se ele descobrisse a cura do câncer".

OBJETO MAIS ADORADO: uma carta escrita à mão de Martin Luther King Jr. para seu bisavô

QUALIDADE MAIS IMPORTANTE EM UMA CRUSH: honestidade e inteligência

SE NÃO FOSSE UM ASTRO DE SUCESSO INTERNACIONAL, O QUE ELE SERIA: "Talvez médico ou professor universitário. Provavelmente as duas coisas".

NOSSA! Estou impressionada! Não fazia ideia de que esses caras eram TÃO legais, talentosos e simpáticos!

Como sou uma artista muito boa, Chloe e Zoey me imploraram para começar a fazer nosso livro de recortes. Então, todo dia eu vou ler matérias de revista, escolher a melhor e fazer uma página incrível do livro.

Esse projeto vai ser MUITO DIVERTIDO ☺!

E provavelmente uma ENORME PERDA DE TEMPO ☹!

Eu estava prestes a confessar e contar para minhas amigas a VERDADE quando me ocorreu mais uma ideia de como eu poderia entrar em contato com Trevor.

Foi TÃO simples que não consegui entender POR QUE eu não tinha pensado nisso antes! Como Chloe e Zoey estavam perto, eu casualmente peguei meu celular e fingi estar de olho na rede social da Bad Boyz à procura de boas ideias para nosso livro de recortes.

Mas, como não consegui achar o Trevor pelo TELEFONE, decidi...

ENVIAR UM E-MAIL PARA ELE ☺!!

Escrevi depressa um e-mail explicando que tinha perdido a ligação dele e que ainda, DESESPERADAMENTE, queríamos partir em turnê com a Bad Boyz. Quando cliquei em "enviar", senti que uma tonelada havia sido tirada dos meus ombros. Trevor sempre respondia aos meus e-mails na hora. Por isso, eu tinha muita certeza de que receberia uma resposta dentro de vinte e quatro horas.

PROBLEMA RESOLVIDO ☺!!

O que eu NÃO ESPERAVA era receber a resposta dele dentro de VINTE E QUATRO SEGUNDOS!

Meu coração batia acelerado quando abri o e-mail dele, CHEIA DE NERVOSISMO. Como Trevor não tinha tentado me LIGAR de novo, pensei que talvez ele tivesse esperado ansiosamente pelo meu contato via E-MAIL, por isso respondeu tão rápido!!

CERTO ☺?! ERRADO ☹!!...

Vejam o que eu recebi...

* * * * * * * * * * * * * *

Obrigado por sua mensagem. No momento estou fora do escritório e retorno na próxima semana. Responderei ao seu e-mail quando voltar.

Atenciosamente,

Trevor Chase

(Esta é uma mensagem automática)

* * * * * * * * * * * * * *

AAAAAAAHHH ☹!!

Essa sou eu GRITANDO!

Mas como a Chloe e a Zoey estavam ali, eu gritei dentro da minha cabeça, para que ninguém além de mim ouvisse.

Não aguento mais.

DESISTO!

☹!!

SEXTA-FEIRA, 4 DE JULHO

ATENÇÃO! Este provavelmente será o registro mais LONGO de todos!

Hoje é feriado de QUATRO DE JULHO!

E AI, MEU DEUS! Eu passei por TANTO DRAMA que parece que a minha CABEÇA vai EXPLODIR e se transformar em uma chuva de FOGOS DE ARTIFÍCIO!!

Alguns dias atrás, meus pais decidiram fazer um piquenique no lago Wellington no dia 4 DE JULHO.

A área é conhecida principalmente pelas casas de veraneio de luxo e iates modernos. E tem um lindo parque que está aberto ao público há décadas.

Mas o mais estranho é que meu pai queria ir lá por causa dos PEDALINHOS.

É uma combinação esquisita de barco/bicicleta na qual você entra e pedala para ganhar impulso.

Meu pai estava SUPERanimado porque, quando ele e seu irmão eram crianças, adoravam alugar pedalinhos sempre que a família passava um tempo no parque. Ele disse que queria dar continuidade a essa fascinante tradição com as filhas DELE.

Parecia MUITO trabalho desnecessário. DESCULPA! Mas, se era para ficar presa em um barco, eu preferiria estar em um CRUZEIRO chique com um parque aquático a bordo e tirolesa! . . .

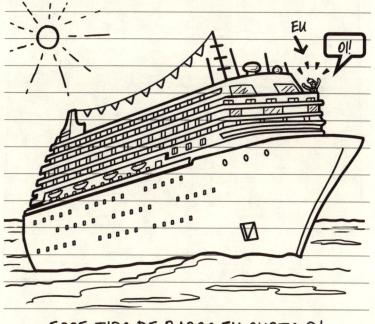

ESSE TIPO DE BARCO **EU CURTO** ☺!

Chegamos ao lago Wellington perto do meio-dia e fizemos um piquenique delicioso. Mas ficamos um pouco surpresos quando noventa penetras apareceram..

NOVENTA PENETRAS INVADEM NOSSO PIQUENIQUE!

Quando terminamos, minha mãe colocou os fones de ouvido para isolar ruídos e ler um livro enquanto NÓS fomos alugar um pedalinho.

Brianna ficou encantada com o barco assim que o viu. Mas eu NÃO fiquei impressionada. O pedalinho era tão VELHO que provavelmente era o MESMO que meu pai usava quando criança.

O cara do aluguel do pedalinho começou a nos dar instruções, mas meu pai o interrompeu e se gabou dizendo ser um ESPECIALISTA em pedalinhos. (Apesar de não entrar em um deles há trinta anos!)

Meu pai ajudou Brianna a entrar no barco. Mas, quando dei um passo à frente, ele me impediu e me fez entregar meu celular.

"O lago Wellington é um lugar onde O USO DE CELULAR É PROIBIDO!!", meu pai anunciou ao mesmo tempo em que o rapaz que cuidava dos pedalinhos recebia uma mensagem de texto.

BELEZA!

Dei o telefone ao meu pai, e ele caminhou depressa até onde minha mãe estava lendo e o entregou para que ela guardasse. Mas eu não me importei.

Pensei que estaria ocupada demais me divertindo no pedalinho para enviar mensagem a quem quer que fosse. E eu não queria mesmo que meu telefone molhasse.

Por fim, meu pai, Brianna e eu entramos no barco, e o cara do aluguel nos empurrou para dentro do lago.

Brianna estava toda animada para pedalar, por isso eu deixei que ela fosse na frente com meu pai. Mas ela só conseguia alcançar os pedais se ficasse sentada bem na beirada do assento. Ela logo se distraiu, fingindo ser a Princesa de Pirlimpimpim em uma emocionante aventura no mar, e começou a cantar para os peixes.

Bem desafinada! Tenho certeza de que os peixes ficaram felizes por não terem as orelhas ENORMES que os seres humanos têm.

Eu estava meio que aproveitando meu banco na parte de trás.

Se eu me desligasse do som da voz e da respiração do meu pai e dos gritos da Brianna, era até meio RELAXANTE ficar no lago....

EU, RELAXANDO NO PEDALINHO!

Bom, ATÉ meu pai pedir para a Brianna trocar de lugar COMIGO, para que eu pudesse ajudá-lo a pedalar.

"Isso é BEM MAIS difícil do que eu me lembrava", disse ele enquanto eu ajudava Brianna a se sentar no banco de trás. "Ainda bem que a minha filha forte e poderosa está aqui para me ajudar."

Tá, eu me senti meio forte e poderosa por cerca de dez minutos. Eu estava fazendo um barco se locomover pelo lago só com a força das minhas pernas! (Bom, também com a força das pernas do meu pai. Mas ele diminuiu MUITO o ritmo quando eu tomei o lugar da Brianna.)

Então, do nada... ouvimos uma BATIDA forte, e meus pedais PARARAM!! Eu não conseguia mexê-los de jeito nenhum! E, quando olhei para meu pai, os pedais dele também não estavam se mexendo!!

Mas isso aconteceu porque ele tinha DORMIDO!! "PAI?!", eu gritei.

Não sei COMO ele conseguiu dormir, porque a Brianna ainda estava cantando a plenos pulmões, bem atrás de nós.

Dei um tapinha no ombro do meu pai, e ele se endireitou.

"NOSSA! Eu cochilei?", disse ele. "Acho que ficar aqui neste lago é ainda mais RELAXANTE do que eu lembrava."

AH, TÁ! O lago não era relaxante. Era EXAUSTIVO!

Meu pai estreitou os olhos para a margem, que agora parecia estar a quilômetros dali. "Nem acredito que nós pedalamos tanto a ponto de nos afastarmos desse jeito."

"NÓS?!", eu gritei. Mas ele tinha razão — nós estávamos bem longe da margem.

E agora os pedais não estavam funcionando.

"Pai, eu acho que aconteceu alguma coisa com este barco! Por algum motivo, não consigo fazer os pedais se mexerem!", reclamei enquanto pisava neles.

Ele franziu o cenho e testou os pedais, que não se mexeram.

"Alguma coisa deve ter ficado presa no mecanismo de propulsão", ele explicou.

Se o mecanismo de propulsão estava preso, então significava que...

NÓS ESTÁVAMOS PRESOS ☹!

Brianna de repente parou de cantar.

"Papai, não estamos mais nos movimentando. Aconteceu alguma coisa?! O nosso barco está... QUEBRADO?!", ela perguntou, com o lábio tremendo.

"NÃO!", falei no exato momento em que meu pai disse: "SIM!"

Brianna estava prestes a dar um chilique completo.

E NÃO um chiliquinho. Mas aquele tipo de chilique com gritos, soluços, meleca saindo do nariz e lágrimas em quantidade suficiente para aumentar o nível do lago.

"Mas é só uma BRINCADEIRA!", eu gritei. "Não estamos presos DE VERDADE aqui. Só temos que encontrar uma maneira de voltar para a margem, está bem?"

Brianna assentiu e pareceu convencida. Primeiro tentamos gritar pedindo socorro! Mas, infelizmente, estávamos tão no meio do lago que ninguém conseguia nos ouvir...

NÓS PEDINDO SOCORRO!

De repente, Brianna sorriu. "Já sei como podemos voltar para a margem! Talvez uma família de golfinhos venha nos salvar, como naquele filme da Princesa de Pirlimpimpim!", ela exclamou.

Eu tinha CERTEZA de que não havia golfinhos no lago Wellington, muito menos uma família deles.

"Isso mesmo, Brianna! Por isso, você precisa ser boazinha e ficar quietinha para não assustar os GOLFINHOS quando eles vierem nos SALVAR!", eu disse, mentindo.

"SÉRIO?! Tem mesmo GOLFINHOS no lago Wellington?", meu pai exclamou, de olhos arregalados. "Nunca vi nenhum na minha infância! Isso vai ser ainda mais emocionante do que pensei. OLHA! Acho que vi um! Ali! OLHA!"

Meu pai apontou para a frente do barco, e ele e Brianna ficaram olhando animados para a água.

"PAPAI, ESTOU VENDO TAMBÉM! UAU! UM GOLFINHO!", Brianna berrou.

Eu não parava de revirar os olhos.

Eu só via um tronco de madeira de um metro e meio submerso na água passando por nós.

Desculpa, mas não parecia NEM UM POUCO com um golfinho de três metros de comprimento e quatrocentos quilos...

MEU PAI E BRIANNA VIRAM UM GOLFINHO?!

"Escuta aqui, pai! Nós AINDA temos que descobrir uma maneira de voltar para a margem!", eu relembrei.

"Bom, podemos REMAR! Com nossos... BRAÇOS!", meu pai sugeriu.

Ele se ajoelhou no assento e se inclinou para a borda do barco, enfiando as mãos na água.

"Eu acho que está dando certo!", ele gritou, olhando para trás. "Nikki, vá remar do outro lado!"

Aquilo foi RIDÍCULO!

Não estava funcionando DE JEITO NENHUM!

Mas Brianna parecia esperançosa. E eu estava começando a sentir calor com o sol tão forte. Então me inclinei e comecei a remar do outro lado.

A borda do barco se afundava no meu peito, e eu estava apenas batendo as mãos na água.

Brianna ria e gritava: "OLHA! O GOLFINHO ESTÁ EMPURRANDO O NOSSO BARCO DE VOLTA PARA A MARGEM! OBRIGADA, SR. GOLFINHO!"

Então ela começou a cantar desafinada de novo.

Mas nós não estávamos nos movendo. **NÃO MESMO!**

"DROGA! Se pelo menos eu não tivesse confiscado seu telefone, Nikki!", disse meu pai, dando um tapa na testa.

"Então poderíamos ligar para os bombeiros e pedir um resgate de emergência na água?", perguntei, irritada.

"NÃO! Poderíamos fazer um VÍDEO desse GOLFINHO! Ninguém vai ACREDITAR que tem um golfinho no lago Wellington!", meu pai riu.

Sim, é TRISTE, mas é a VERDADE! Eu estava presa em um pedalinho com duas pessoas que não sabiam a diferença entre um tronco de madeira e um enorme animal marinho. Nós NUNCA chegaríamos à margem!"

Íamos PERECER e MORRER de insolação e inanição em uma DROGA de pedalinho no meio do lago Wellington!!

Eu NUNCA tiraria carteira de habilitação, nunca participaria do meu baile de formatura, nunca me formaria no ensino médio e nunca mais passearia com a Chloe e a Zoey!

Mas a parte mais ASSUSTADORA era que eu estava com tanto CALOR e tão EXAUSTA que a porcaria do tronco flutuante já começava a parecer um GOLFINHO aos meus olhos também!

"POR FAVOR, SR. GOLFINHO! VENHA NOS RESGATAR!", eu pedi com meu pai e minha irmã.

E tive certeza de que ele piscou para mim.

Mas, para ser bem sincera, as coisas NÃO estavam muito boas para nós!

☹!!

SÁBADO, 5 DE JULHO

Certo, então estávamos PRESOS no meio do lago Wellington em um pedalinho que não pedalava!

E era tudo culpa do meu PAI, já que aquilo tinha sido uma ideia idiota DELE!

Bom, meu pai notou que os pedais não estavam funcionando porque algo tinha ficado preso no sistema de propulsão do pedalinho, localizado dentro da água.

"Só preciso dar uma olhada rápida para ver o que está acontecendo lá embaixo", ele explicou.

Mas, quando ficou de pé e se inclinou para a lateral, fez com que o barco balançasse.

Eu avancei para agarrar a Brianna quando ela perdeu o equilíbrio e ficou perto da beirada do pedalinho.

Quando a segurei, escutei um SPLASH!! bem alto. Nós duas viramos e eu não acreditei quando vi...

MEU PAI, CAINDO NO LAGO!!

Claro que eu fiquei preocupada com ele. Mas fiquei ainda mais preocupada com a pobrezinha da Brianna.

Ela é uma menina pequena, e ver coisas traumáticas assim pode MARCÁ-LA psicologicamente para o resto da vida.

"AI, NÃO! O papai caiu na água!", ela gritou, histérica. "Ele vai ASSUSTAR o SR. GOLFINHO e estragar tudo!"

Tudo bem, parece que eu me enganei a respeito da possibilidade de a Brianna ficar traumatizada! Ela estava BEM MAIS preocupada com o golfinho... hum, quero dizer, com o tronco de madeira do que com o próprio pai.

Meu pai se agarrou à borda do barco.

"Estou bem, estou bem!"

Mas a Brianna ainda estava chateada.

"Venha para dentro do barco agora mesmo, papai! Assim o nosso golfinho vai voltar para nos resgatar!"

"Ouçam, meninas, eu vou nadar até a margem", ele explicou. "Vocês duas vão ficar aqui e relaxar. Assim que eu chegar lá, o rapaz do aluguel de pedalinhos e eu voltaremos com outro barco para pegar vocês. Está bem?"

Não vou mentir, eu duvidei MUITO. Meu pai NÃO SABE nadar tão bem. Ele basicamente só sabe o nado cachorrinho.

Então ele se foi! Mesmo sendo um LONGO caminho para nadar... ou melhor, para nadar como um cachorrinho.

Eu espiei em direção à margem e consegui ver minha mãe. Mas ela AINDA estava com a cara enfiada no livro.

A chance de ela ver um de nós era muito pequena.

Eu segurei o braço da Brianna com força enquanto ela torcia pelo meu pai. "Nade, papai, nade! Você consegue! Vá encontrar o nosso golfinho e diga a ele que eu quero montar nas costas dele! Está bem, papai?"

A ÚLTIMA coisa de que precisávamos era mais um membro da família caindo dentro do lago!

Depois de um tempo, Brianna se cansou de torcer e sentou.

Eu fiquei com medo de que minha irmã começasse a reclamar sem parar, dizendo estar cansada e entediada.

Mas de repente ela deu um grito, animada, e ficou de pé, fazendo o barco balançar muito.

"Precisamos ser RESGATADOS! Vamos mandar uma mensagem em uma GARRAFA!", ela gritou.

A única garrafa ali no pedalinho era a garrafa de água do meu pai, cara e reutilizável.

Mas como ele NÃO tinha ido muito longe e já estava começando a perder a velocidade, dei de ombros e murmurei: "Tá bom, Brianna. Eu acho que vamos precisar de toda AJUDA que conseguirmos".

Brianna tinha a embalagem de um doce e um giz de cera no bolso, por isso escreveu "SOS" na embalagem, enfiou na garrafa e então a JOGOU dentro do lago.

E a garrafa BATEU COM TUDO na CABEÇA do meu pai!!...

MEU PAI ACIDENTALMENTE LEVANDO UMA GARRAFADA NA CABEÇA ☹!

NÃO estou brincando!!!

"AAAI", ele gritou e se debateu por alguns segundos, até encontrar a garrafa de água boiando na superfície a poucos metros dali.

"MENINAS! Vocês sabiam que essa coisa me custou vinte e oito dólares?", ele perguntou com raiva ao partir atrás da garrafa. "E POR QUE eu desejaria beber um pouco de ÁGUA?! Estou aqui praticamente ME AFOGANDO!"

Durante todo esse tempo, minha mãe AINDA não tinha desviado os olhos do livro, nem UMA VEZ!!

E, por mais que gritássemos e berrássemos, ela NÃO conseguia nos ouvir.

Eu achava que não tinha como as coisas PIORAREM, mas pioraram. Era bem óbvio que meu pai já estava exausto de nadar e NÃO chegaria nem perto da margem.

Felizmente ele alcançou uma BOIA que estava flutuando a cerca de trinta metros do nosso barco.

Ele se agarrou àquilo, em pânico, e se segurou para salvar sua vida...

MEU PAI SUBINDO EM UMA BOIA E SE AGARRANDO NELA PARA SOBREVIVER!

"Nikki, eu acho que o papai não vai conseguir resgatar a gente. O que você acha?", perguntou Brianna com seriedade enquanto observava nosso pai se agarrar àquela boia e à garrafa dele.

Eu quis MENTIR e dizer que o papai tinha parado e subido naquela boia para fazer uma reunião com o Sr. Golfinho, para que eles pudessem planejar nosso resgate.

Mas, por menos noção que Brianna tenha, quando é importante ela quase SEMPRE detecta uma mentira.

"Eu acho que o papai está um pouco cansado agora. Mas não se preocupe, Brianna, vamos dar um jeito! Vamos ficar bem, e o papai também!", eu expliquei enquanto a abraçava para acalmá-la.

A Brianna ACREDITOU em tudo o que eu disse.

Mas, infelizmente, eu NÃO!

Estávamos PERDIDOS!

☹!!

DOMINGO, 6 DE JULHO

Eu pensei que a Brianna cairia no choro. Mas nunca imaginei que ela teria a atitude que teve!!

"Sabe de uma coisa, Nikki? O papai VAI ficar bem! Porque NÓS vamos RESGATÁ-LO!!"

QUE ÓTIMO ☹!

Da última vez que a Brianna tentou ajudar, ela quase provocou um traumatismo craniano no nosso pai porque arremessou uma garrafa de água cara na cabeça dele.

Nós tínhamos muita sorte por ele ainda estar ali, se agarrando àquela boia!

Ela olhou ao redor para ver o que havia dentro do pedalinho que pudesse usar para o resgate. Mas os assentos eram feitos de plástico, não havia mais nada ali além de nós duas.

Ela levou a mão ao queixo, pensando muito.
"O papai disse que tinha alguma coisa presa no sistema de propulsão, não é?"

Brianna estava cantando tão alto naquele momento que eu não pensei que ela tivesse ouvido a conversa.

"Hum... sim...", dei de ombros.

"Bom, ONDE FICA ISSO?", ela perguntou.

Em pouco tempo, eu estava pendurada na borda do pedalinho enquanto Brianna segurava meus pés com força. Eu mexi as mãos loucamente, na esperança de encontrar o tal sistema de propulsão!!! (O que, claro, eu NUNCA teria feito se o pedalinho tivesse MOTOR!! Mas, se o barco tivesse motor, nós não estaríamos PRESOS ali!!)

Eu estava prestes a desistir quando encontrei o tal sistema de propulsão!! E na mesma hora senti que havia uma garrafa de plástico amassada presa nele.

"AI, MEU DEUS! ENCONTREI!", gritei, toda animada.

"AÊÊÊÊÊÊ!", Brianna bateu palmas, feliz da vida.

O que também significa que ela soltou meus PÉS ☹!!...

EU, CAINDO NO LAGO ACIDENTALMENTE!!

Eu NÃO conseguia acreditar que aquilo estava acontecendo comigo. E era tudo culpa da BRIANNA!

"NIKKI! Você está bem?!", meu pai gritou da boia.

"Estou b-bem", gaguejei enquanto me segurava à borda do barco.

"DESCULPA!!", Brianna sorriu e deu de ombros, como se não tivesse NADA a ver com o fato de eu quase ter me AFOGADO no lago.

Mas estar na água me ajudou a chegar mais perto para conferir a garrafa de água que estava presa no propulsor.

Puxei a garrafa com muita força. Mas parte do propulsor acabou se quebrando e ocasionou uma pequena rachadura no fundo do pedalinho.

No começo, pensei que fosse minha imaginação...

AI, MEU DEUS! NOSSO BARCO ESTAVA AFUNDANDO ☹?!

Então, Brianna gritou histericamente...

"Eu acho que o Sr. Golfinho vai ter que nos RESGATAR, afinal de contas!", Brianna disse, rindo e batendo palmas.

Nós não tivemos escolha, fomos obrigadas a abandonar o barco. Ainda bem que estávamos de colete salva-vidas.

"Venham, meninas! Nadem até a boia e subam! Tem bastante espaço. Vocês conseguem!", meu pai gritou para nos incentivar.

Brianna e eu fomos até a boia com nosso nado cachorrinho enquanto o pedalinho afundava lentamente.

Então, nós TRÊS nos agarramos à boia, que ia de um lado para o outro na água como se fosse um joão-bobo.

Eu fui forçada a me fazer aquela pergunta MUITO difícil que toda pessoa tem que responder quando, infelizmente, parece que A VIDA ACABOU!...

ESTAMOS NOS DIVERTINDO?! ☹!!

SEGUNDA-FEIRA, 7 DE JULHO

A ÚNICA parte boa em estar presa no lago era que as coisas logo perderam a importância.

De repente, todos os meus grandes problemas pareceram bem pequenos. Sabe, como aquele...

FIASCO COM A BAD BOYZ!

Se eu estivesse com meu celular, teria ligado para a Chloe e para a Zoey naquele momento e contado a verdade!

Tenho muita sorte por ter amigas tão gentis, amorosas e leais como elas, e eu realmente NÃO as mereço.

Eu TAMBÉM teria pedido para as minhas melhores amigas ligarem para os bombeiros para mandarem uma equipe de resgate aquático de emergência até uma boia no meio do lago Wellington!

Mas, felizmente, nada disso foi necessário...

Um cara em um iate bacana, usando óculos de sol de marca, parou para nos socorrer! Eu fiquei MUITO feliz por poder sair daquela boia IDIOTA. Entramos no iate e ele nos deu toalhas, garrafas de água e até uma bandeja de frutas frescas.

"Eu AMAVA pedalinhos quando era criança!", ele riu. "Mas agora só venho para cá de férias sempre que tenho..."

O homem parou de falar e ficou me olhando. De repente, ele gritou...

"NIKKI MAXWELL?! É VOCÊ?!"

Em seguida, ele tirou os óculos e sorriu.

AI, MEU DEUS! ERA... TREVOR CHASE!!

NÓS TÍNHAMOS ACABADO DE SER RESGATADOS POR TREVOR CHASE, QUE ESTAVA CURTINDO AS FÉRIAS NO LAGO WELLINGTON!!

Eu NÃO conseguia acreditar que ele estava ali!

"Nikki, pensei que você estivesse passando o verão em PARIS!", Trevor exclamou.

Humm... NÃO! Eu não fazia ideia de por que ele achava isso. Sorri com timidez e acenei.

"Bom, estou MUITO feliz por ver você!", ele continuou. "Tentei te ligar há alguns dias, mas acho que o número estava errado. Espero que você ainda esteja interessada em abrir os shows da Bad Boyz!"

Eu meio que dei de ombros. Ainda estava em CHOQUE!

Num minuto, eu estava presa em uma boia no meio do lago e, no seguinte, estava em um iate, DE FRENTE para Trevor Chase!

"Sei que vocês vão se unir à turnê em mais ou menos duas semanas, mas estou confiante de que sua banda estará pronta! Então, o que me diz?", Trevor sorriu de novo.

"Bom, na verdade... tudo bem! Eu acho que participar da turnê será... interessante", eu disse, como se não fosse nada muito importante.

Mas, dentro da minha cabeça, eu estava gritando e fazendo a minha dancinha feliz do Snoopy!...

EU, FAZENDO MINHA DANCINHA FELIZ.

Então, agora é oficial!...

MINHA BANDA VAI ABRIR OS SHOWS DA BAD BOYZ! ÊÊÊÊÊÊÊ ☺!!

Vamos nos encontrar com Trevor para repassar a programação da turnê e assinar os contratos assim que as férias dele acabarem!

De qualquer modo, quando finalmente chegamos à margem, ainda estávamos molhados por causa do lago.

Felizes, aliviados e exaustos, fomos até onde minha mãe ainda estava lendo e caímos em cima da toalha. Ela se sobressaltou, surpresa quando nos viu, e tirou os fones de ouvido.

"Vocês já voltaram? Nossa! O tempo passa muito rápido. Este livro é SUPERinteressante, um baita SUSPENSE! Só espero que vocês três não tenham sentido TÉDIO pedalando lá no lago enquanto RELAXAVAM."

Em seguida, ela colocou os fones de novo e voltou a LER!!

AI, MEU DEUS! Minha mãe não fazia IDEIA das coisas pelas quais tínhamos acabado de passar!

Na verdade, tínhamos SORTE de estar VIVOS!!

Mas a melhor parte foi que Trevor convidou minha família para JANTAR e ver os FOGOS DE ARTIFÍCIO no lago Wellington a bordo do iate dele...

Apesar de o meu dia ter começado totalmente DESASTROSO, acabou sendo um feriado FANTÁSTICO!

Senti muito orgulho de como meu pai, Brianna e eu trabalhamos juntos e mantivemos a calma até finalmente sermos resgatados!

E, mais importante, eu aprendi TRÊS lições de vida muito valiosas nessa experiência DESESPERADORA...

PRIMEIRO, não há GOLFINHOS no lago Wellington!

SEGUNDO, nunca desista de ter ESPERANÇA, porque às vezes encontramos soluções para nossos problemas onde MENOS esperávamos encontrá-las.

E TERCEIRO: NUNCA mais entrar em outro pedalinho!!!!

JAMAIS!!!

☺!!

TERÇA-FEIRA, 8 DE JULHO

Hoje começamos os ensaios da banda na casa da Zoey. Aqui estão as componentes do nosso grupo...

CHLOE, ZOEY E EU CANTAMOS!

Há vários outros amigos meus na banda.

Violet é a tecladista, Theo fica com a guitarra e Marcus toca baixo...

VIOLET, THEO E MARCUS SÃO MÚSICOS SUPERTALENTOSOS!

E finalmente meu crush, o Brandon, na bateria!
^^^^^^ ☺!! ...
ÊÊÊÊÊÊ

BRANDON ARRASA NA BATERIA!

O nome da minha banda é...

NA VERDADE, AINDA NÃO SEI!

Eu sei, é meio esquisito, né?!

Decidimos por esse nome totalmente sem querer.

Quando preenchi o formulário do show de talentos da escola, ainda não tínhamos escolhido um nome para a nossa banda. Então, no espaço "Nome do artista", eu escrevi "Na verdade, ainda não sei".

E PEGOU!

Passamos a gostar desse nome, e agora o ADORAMOS! Acho que dá para dizer que é tão BOBO quanto nós.

Bom, estamos MUITO animados com a turnê!
Mas também estamos muito nervosos. Sei lá, e se a gente se ATRAPALHAR e FRACASSAR no palco?!

Na frente de MILHARES de pessoas?!

Em CIDADES por todo o PAÍS?!

AI, MEU DEUS! MINHA VIDA seria ARRASADA!

Eu teria que ser transferida para uma nova escola e usar um DISFARCE muito esquisito, talvez uma peruca barata e um bigode falso, para esconder minha verdadeira identidade.

Então eu seria ainda MENOS POPULAR do que já sou.

☹!

AMIZADE É PARA SEMPRE! DESCUBRA QUAL MEMBRO DA BAD BOYZ É SEU MELHOR AMIGO!

Quer causar inveja em todos os seus amigos? Quer ficar por dentro das fofocas das celebridades e de seus segredos de estilo? Quer receber conselhos de um cara lindo que arrasa?

Faça este teste e descubra qual membro da Bad Boyz seria o seu melhor amigo! Existe pessoa melhor com quem dividir sonhos e segredos do que um membro da Bad Boyz?! 😃

1. A primeira coisa que noto quando conheço uma pessoa é:
    A) o olhar
    B) o sorriso
    C) a personalidade
    D) o cabelo

2. Minha casa dos sonhos é:
    A) um castelo
    B) uma casa na praia
    C) uma mansão
    D) uma cobertura

3. Meu tipo preferido de filme é:

    A) um filme das princesas Disney

    B) uma animação de aventura

    C) uma fantasia

    D) um filme de super-heróis

4. Meu emoji preferido é:

    A) o de olhos apaixonados 😍

    B) aquele da piscadinha com a língua pra fora 😜

    C) aquele chorando de rir 😂

    D) o de óculos escuros 😎

5. Meu sabor preferido de sorvete é:

    A) bolo de morango

    B) bolo de aniversário

    C) cookie com gotas de chocolate

    D) algodão-doce

6. Qual é o mês mais próximo do seu aniversário?

    A) janeiro

    B) outubro

    C) julho

    D) abril

7. Qual é seu lema preferido?

    A) Faça seus sonhos se tornarem realidade!

    B) YOLO! (Só se vive uma vez!)

    C) Seja esperto! Seja gentil! Seja corajoso!

    D) Ouse ser diferente!

8. Eu me descrevo como:

    A) divertido, carinhoso e simpático

    B) popular, extrovertido e atlético

    C) esperto, corajoso e aventureiro

    D) chique, criativo e moderno

Se você escolheu mais vezes a alternativa A:

NICOLAS é o seu melhor amigo na Bad Boyz!!! É a pessoa que sempre pode te animar quando você estiver para baixo! Ele é o seu melhor amigo perfeito porque é um cara que ama festas, assim como você, e sabe EXATAMENTE o que dizer e quando dizer.

Quando você estiver superfalante, ele vai conversar muito e, quando você não estiver a fim de papo, ele não vai ficar maluco por vocês não estarem falando nada. Com Nick, não existe silêncio desconfortável! Vocês podem passar horas juntos sem dizer nada.

Ah, e ele é lindo de morrer, então, por ser o melhor amigo que é, não se importa de você passar o tempo todo olhando para ele com olhos apaixonados.

Esse Bad Boy é muito compreensivo e se preocupa demais com os outros, além de entender a sua vibe totalmente. E, como ele sabe ouvir, SEMPRE está por dentro das fofocas de famosos, dos últimos rompimentos e sempre sabe quem está a fim de quem!

Olha, essa é só uma parte das vantagens de ter um Bad Boy como melhor amigo, mas lembre-se: Não conte a ninguém, porque não foi o Nick quem te contou!

Se você escolheu mais vezes a alternativa B:

AIDAN é o seu melhor amigo na Bad Boyz!!! Ele é o seu melhor amigo perfeito porque nunca vai ficar entediado quando vocês estiverem juntos! Ele é o amigo para quando você precisar rir e se sentir melhor em relação à vida!

Se tem uma coisa previsível em Aidan, é a sua IMPREVISIBILIDADE e ESPONTANEIDADE! Esse Bad Boy tem imaginação fértil e não tem medo de ir atrás de seus sonhos, por mais que pareçam loucura para os outros. Como resultado da personalidade de Aidan, você se sente invencível quando está com ele, sempre se inspirando a conquistar o que deseja!

Os outros também gostam de tê-lo por perto, por isso ele sempre é convidado para as melhores festas e é o centro das atenções aonde quer que vá. Quando você passar um tempo com esse Bad Boy, nunca vai perder uma première de Hollywood e nenhum evento.

As habilidades sociais de Aidan são acima da média, e, com sua perspicácia e temperamento, esse garoto consegue enfrentar qualquer crise e transformar tudo em uma baita festa! E não nos esqueçamos de que esse melhor amigo é superlindo, por isso você fica totalmente obcecada pelo sorriso matador dele! Não tem como não se sentir muito feliz com Aidan!

Se você escolheu mais vezes a alternativa C:

JOSHUA é o seu melhor amigo na Bad Boyz!!! Ele é incrivelmente leal e altruísta e fará o que for possível para ser o melhor amigo que você vai ter na VIDA! Joshua é superinteligente e ambicioso e consegue, seguindo a intuição, perceber suas vulnerabilidades para saber quando você precisa de ajuda e quando quer um pouco de espaço para si, aquele necessário tempo a sós.

Apesar de ele normalmente ser calado e tranquilo, você ficaria surpresa se soubesse como Joshua é intenso com suas amizades, com os problemas sociais, e como ele se mantém verdadeiro em suas crenças, conseguindo apoiar o que é certo.

Ele é um líder nato e consegue falar astutamente sobre todos os tipos de assuntos. (Sim, nós dissemos "astutamente". Com certeza, seu vocabulário vai se expandir ao lado desse cara!) 😃

Como você, Joshua gosta de aventuras divertidas e dos meses de verão, com todas as atividades bacanas. Ele estará sempre ansioso para ficar com você nessa amizade. Esse cara é charmoso, lindo de morrer e muito talentoso, além de ter uma personalidade incrível. Ele consegue se relacionar com os ricos e famosos e ainda assim reservar um tempo para as coisas importantes da vida, como ser o seu melhor amigo na Bad Boyz para sempre!

Se você escolheu mais vezes a alternativa D:

<u>VICTOR</u> é o seu melhor amigo na Bad Boyz!!! Ele é original, descolado e com certeza não tem medo de correr riscos. Claro, às vezes agir primeiro e pensar depois pode ser ruim para o seu melhor amigo, mas com frequência a impulsividade dele leva a uma oportunidade única que vocês dividirão!

Victor é bem interessante porque é corajoso, determinado e sempre se entrega ao momento. Ele vai valorizar sua sinceridade e amizade e, acima de tudo, vai prestigiar seu senso de moda, estilo e confiança.

Esse melhor amigo sempre vai te dizer o que está pensando com uma franqueza que pode te surpreender ("Não acredito que ele disse isso!"). A sinceridade será a característica mais valorizada nessa amizade, e, como vocês não têm medo de ser AUTÊNTICOS, serão melhores amigos PARA SEMPRE!

O Bad Boy Victor é perfeito para você, já que ele vai saber tudo sobre as últimas tendências. Vai te dar dicas de estilo e revelar os segredos dos maiores especialistas da indústria da moda, além de confiança para você arrasar com as roupas e penteados que desejar! Com esse lindo melhor amigo ao seu lado, você vai se divertir DEMAIS!

QUARTA-FEIRA, 9 DE JULHO

Grande notícia! Recebi um e-mail do Trevor Chase, e ele vai pegar um avião na segunda-feira para nos encontrar e falar sobre a turnê.

Quando terminamos os ensaios da banda, Chloe mostrou a Zoey e a mim outro artigo de revista a respeito da Bad Boyz.

"Olha! Esses caras até passam férias juntos! METAS DE AMIZADE! Certo?!"

"MINHA NOSSA! Não seria o máximo se NÓS pudéssemos fazer isso?! Eu ADORARIA passar férias com vocês, meninas! Seria DIVERTIDO DEMAIS!", eu ri.

De repente, eu me dei conta! "Chloe! Zoey! Esperem um pouco! Essa TURNÊ será como FÉRIAS! Seremos colegas de quarto! E vamos viajar e passar mais tempo juntas! CERTO?!"

"TODOS. OS. DIAS!!", Chloe exclamou.

"Nunca pensei nisso assim! Mas você tem total razão", Zoey concordou. "E aposto que vamos ficar em LINDOS hotéis de luxo!"

"E fazer refeições deliciosas com sobremesas de matar em restaurantes cinco estrelas, preparadas por chefs famosos!", falei.

"E nadar em piscinas enormes! Daquelas em que os garçons servem batidas de fruta com sombrinhas de papel bonitinhas dentro", disse Chloe, animada.

"E os spas? Vamos relaxar em banheiras de hidromassagem e fazer as unhas das mãos e dos pés!", Zoey suspirou.

"Mal posso esperar para sair e ver vitrines! Hotéis chiques sempre têm lojas e butiques próximas com as coisas mais LINDAS!", eu falei, empolgada.

"E quando a turnê terminar", Chloe disse de modo sonhador, "seremos as melhores amigas dos..."

"Garotos da BAD BOYZ!", nós gritamos e quase perdemos o fôlego. Vamos nos divertir MUITO!

Mas para MIM, particularmente, o mais INCRÍVEL e MARAVILHOSO nisso tudo será...

NÃO VER A MACKENZIE HOLLISTER ☺!!

Não faço a menor ideia de por que ela ME ODEIA.

E, apesar de estarmos de férias durante o verão todo, ela ainda está tentando fazer de tudo para DESTRUIR a minha vida!

Como eu sei?

Trevor Chase disse que, quando não conseguiu falar comigo, ligou para a MacKenzie para pedir meu número de telefone, já que o grupo de dança dela estava no show de talentos também.

E olha só...

ELA DISSE QUE EU ESTAVA PASSANDO O VERÃO EM PARIS!!

Mas essa nem é a PIOR parte!

Por ser a CASCAVEL sem coração que ela é, a MacKenzie disse ao Trevor que o grupo de dança DELA poderia abrir os shows da Bad Boyz!

Trevor estava considerando a oferta. Até me encontrar boiando no lago Wellington, me segurando àquela BOIA, e me salvar!

A MacKenzie é uma baita MENTIROSA PATOLÓGICA!

Mal posso esperar para me livrar dela por UM MÊS INTEIRO. Minha vida FINALMENTE vai ficar SEM DRAMA!

Bom, não tenho nenhuma dúvida disso. Minhas melhores amigas e eu estamos prestes a viver o MELHOR verão da nossa VIDA ☺!

E vamos passá-lo com a BAD BOYZ!

Com base em tudo o que me disseram sobre os garotos, acho que eles são os CARAS MAIS LEGAIS DE TODOS OS TEMPOS.

Essa turnê vai ser um SONHO realizado!

Ei! O QUE poderia dar ERRADO?!

☺!!

O ENCONTRO DOS SONHOS COM UM MEMBRO DA BAD BOYZ!

Você passou muito tempo sonhando com um encontro perfeito com a Bad Boyz! (Não precisa ter vergonha de admitir — todas nós fizemos isso!) Este teste vai dizer, de uma vez por todas, qual seria O MELHOR encontro dos sonhos e com QUAL membro da Bad Boyz você o realizaria!

Não existe resposta errada! Independentemente do que você escolher, vai ter um encontro com UM dos garotos da Bad Boyz! QUE SORTE!

1. Escolha sua fruta preferida:
    A) abacaxi
    B) morango
    C) melancia
    D) uva

2. Escolha sua cor preferida:
    A) pretinho básico
    B) azul da cor do céu
    C) vermelho deslumbrante
    D) rosa delicado

3. Escolha sua música preferida da Bad Boyz:

    A) "Ruim, muito ruim, ruim demais"

    B) "Eu daria qualquer coisa (para você despedaçar meu coração)"

    C) "Não brinque comigo assim"

    D) "Você para mim"

4. Escolha seu passatempo preferido:

    A) navegar no site da Bad Boyz

    B) fazer selfies

    C) jogar no celular

    D) enviar mensagens de texto aos amigos

5. Escolha sua cidade preferida:

    A) Nova York

    B) Paris

    C) Miami

    D) Onde estiver acontecendo um show da Bad Boyz!

6. Escolha sua profissão dos sonhos:

    A) embaixador

    B) modelo

    C) piloto de avião

    D) cirurgião

7. Como você quer ser lembrado?

    A) poderoso e rico

    B) reflexivo e artístico

    C) gentil e leal

    D) brilhante e que mudou o mundo

8. Escolha sua paisagem ideal:

    A) horizonte da cidade

    B) floresta

    C) praia

    D) montanhas

Se você escolheu mais vezes a alternativa A:

Seu encontro dos sonhos é passar a noite dançando no clube mais badalado com **VICTOR**! Claro que você vai para a fila VIP — nada de espera! — e estará na frente do palco quando Victor aparecer para fazer uns beats. Talvez você se una a ele e faça os seus também! Mas na maior parte da noite ele vai te dar atenção. Prepare seus pés para dançar!

Se você escolheu mais vezes a alternativa B:

Seu encontro dos sonhos é um jantar em um restaurante romântico com **NICOLAS**! Velas, flores, música suave e um monte de luzinhas vão criar o clima para conversas profundas e trocas de olhares demoradas. Você vai descobrir quem esse Bad Boy é na verdade quando os microfones forem desligados. Depois do jantar, vocês irão a um sarau, e, com sorte, Nick pode compartilhar uns versos... sobre você!

Se você escolheu mais vezes a alternativa C:
Seu encontro dos sonhos é sair para comer hambúrguer e jogar minigolfe com o AIDAN! Você sabe se divertir e merece um encontro com quem te faça rir. Aidan é o mais descontraído dos Bad Boyz, apesar de não sabermos como ele joga golfe. Depois vocês vão comer hambúrgueres (e sugerimos que dividam um milk-shake!).

Se você escolheu mais vezes a alternativa D:
Seu encontro dos sonhos é fazer trabalho voluntário em um abrigo de animais com JOSHUA! Cachorrinhos e gatinhos adoráveis E você vai olhar nos lindos olhos desse Bad Boy! O que pode ser melhor do que isso?! Sinceramente, não conseguimos pensar em muita coisa que pareça melhor do que fazer o bem, e se é por uma boa causa melhor ainda! Depois vocês irão a uma livraria local para descobrir que são almas gêmeas e amam os mesmos livros.

QUINTA-FEIRA, 10 DE JULHO

SIMPLESMENTE NÃO AGUENTO MAIS! Minha família está mesmo me deixando MA-LU-CA ☹!!

Brandon e eu decidimos ficar na minha casa depois do ensaio da banda hoje. Pretendíamos fazer mais uma sessão de treinamento com a minha cachorrinha SUPERlinda e sapeca, a Margarida.

Mas, antes de começarmos, minha mãe convidou o Brandon (e eu) para comer rocambole de carne no JANTAR!

Eu amo os meus pais, mas eles sabem ser muito embaraçosos na frente dos meus amigos. Então eu disse NÃO, OBRIGADA.

Mas Brandon aceitou o convite dela, para ser educado!

AI, MEU DEUS! Eu tive um CHILIQUE completo durante o jantar! Meu pai não parava de falar sobre a empresa de dedetização dele, apesar de estarmos tentando COMER!

E minha mãe não parava de sussurrar coisas, e eu tinha CERTEZA de que o Brandon estava ouvindo TUDO! . . .

MINHA MÃE E MEU PAI, ME ENVERGONHANDO NA FRENTE DO BRANDON DURANTE O JANTAR!

A única coisa BOA foi que a Brianna NÃO ESTAVA lá para demonstrar os incríveis truques com a comida, dos quais ela se vangloria dizendo que "inventou tudo sozinha".

Ela tinha ido dormir na casa de uma amiga e havia saído uma hora antes, felizmente!

Brianna teria enfiado uma garfada enorme de carne na boca, além de batatas e ervilhas, teria mastigado tudo três vezes e então perguntaria ao Brandon se ele queria ver um truque INCRÍVEL.

E, independentemente da resposta dele, ela teria aberto a boca cheia de comida mastigada o máximo que conseguisse e diria...

"AAAAHHHHHH!!"

E, dependendo do NOJO do Brandon, ele provavelmente perderia o apetite e deixaria de comer por três dias, seis semanas ou dois anos!

O outro truque dela com a comida era ainda mais nojento.

Ela puxaria o suco pelo canudo e o devolveria ao copo pelo nariz enquanto cantarolava "Brilha, brilha, estrelinha".

Mas a pestinha da minha irmã conseguiu se superar! Brianna deu um jeito de me HUMILHAR completamente na frente do meu CRUSH sem nem estar em CASA!!...

EU, ACIDENTALMENTE ESCORREGANDO E CAINDO DENTRO DA BANHEIRA DE LAMA DAS BONECAS DA BRIANNA ☹!!

Brandon tentou me alertar, mas foi tarde demais!

AI ☹! A lama estava TÃO escorregadia! Sempre que eu tentava me levantar, perdia o equilíbrio e caía de bunda dentro do spa de lama de bonecas DE NOVO!

Eu me senti dentro de uma luta de lama, com a LAMA vencendo!

Por fim, Brandon se aproximou e me tirou daquela bagunça enquanto tentava manter a seriedade. Estava bem claro que ele mordia o lábio para não rir de mim.

Desculpa, mas eu não vi graça em nada! Eu estava com lama em lugares onde nem sabia que era possível a lama entrar.

Pelo menos o Brandon também está animado com a turnê da Bad Boyz.

Ele disse que vai levar a câmera e outros equipamentos de fotografia para registrar a experiência. Ele planeja fazer um álbum de fotos da turnê! Muito LEGAL ☺!

Mas ele TAMBÉM admitiu estar um pouco preocupado com o fato de seus avós não contarem com sua ajuda na Amigos Peludos, já que ele sempre esteve por perto para dar uma mão.

Ele já encomendou a comida dos cachorros e outros suprimentos, marcou consultas com o veterinário para as vacinas e organizou uma programação de voluntariado comunitário para as próximas seis semanas! E, assim que os avós dele assinarem os papéis para renovar o aluguel do prédio da Amigos Peludos, tudo será cuidado até ele voltar.

Estou SUPERimpressionada por ele já ter completado seis semanas de tarefas importantes ANTES de sair em turnê! Brandon é MUITO maduro e responsável! ÊÊÊÊÊÊ ☺!!

Diferentemente de... MIM ☹! Ei! Eu ainda não dobrei nem guardei as roupas limpas e passadas de DUAS semanas atrás!

E AINDA não joguei fora aquela caixa com restos de PIZZA que no momento está EMBOLORANDO embaixo da minha CAMA desde que as minhas melhores amigas vieram dormir aqui, UMA semana atrás! CREEEDO!!

!

A BAD BOYZ ESCOLHE UM VESTIDO DE FESTA PARA VOCÊ

1. Escolha sua sobremesa preferida:

    A) sanduíche de sorvete

    B) brownie

    C) cupcake

    D) sundae

2. Escolha sua casa de Hogwarts:

    A) Corvinal

    B) Lufa-Lufa

    C) Sonserina

    D) Grifinória

3. Escolha seu gênero preferido de livro:

    A) mistério

    B) romance

    C) fantasia

    D) humor

4. Escolha seu produto preferido da Bad Boyz:

    A) moletom da Bad Boyz

    B) diário oficial da Bad Boyz

C) camiseta com glitter da Bad Boyz

D) capacete de bicicleta da Bad Boyz

5. Escolha o que mais gosta de fazer com suas melhores amigas:

A) festa de arromba

B) dia de maquiagem

C) dia de spa

D) compras

6. Escolha seu animal de estimação dos sonhos:

A) golden retriever

B) cavalo

C) coelhinho

D) lagarto

7. Escolha seu disco preferido da Bad Boyz:

A) *Bad boy até o osso*

B) *Mais marrento do que nunca*

C) *Sangue ruim*

D) *O mais malvado de todos*

8. Escolha seu penteado preferido:

A) ondas soltas e naturais

B) coque elegante e clássico

C) assimétrico, arrepiado e moderno
D) rabo de cavalo

Se você escolheu mais vezes a alternativa A:
JOSHUA escolheu um MACACÃO novo e moderno para você usar na festa!!! O QUÊ? Uma roupa para o baile que não seja um vestido?!?! Escuta isto! Os macacões estão enchendo os tapetes vermelhos de Hollywood ultimamente. Eles são tão glamorosos quanto os vestidos e dão a você muito mais LIBERDADE para arrebentar na pista de dança! Dance, dance!

Se você escolheu mais vezes a alternativa B:
NICOLAS escolheu um vestido de festa elegante e clássico em tom pastel para você usar na festa. ARRASE!!! Você vai se sentir como a Cinderela, mas, em vez de ter que sair correndo quando o relógio marcar meia-noite, você vai dançar a noite toda. (A menos, claro, que tenha hora para voltar para casa!) E, como Nick sabe o que as garotas querem, esse vestido tem até BOLSOS!!!

Se você escolheu mais vezes a alternativa C:
VICTOR escolheu um vestido supermoderno que segue todas as tendências da época de festas deste ano — glitter, tomara que caia e barra assimétrica! Moderno e divertido, esse vestido é para

a garota que adora ser o centro das atenções! Vá para o meio da pista e deixe o glitter brilhar à luz!

Se você escolheu mais vezes a alternativa D:

AIDAN escolheu um vestido de franjas retrô dos anos 20! Quem imaginaria que ele tem um gosto tão requintado? (Quando perguntaram, ele disse que gosta de relembrar o passado. HAHA!) Esse vestido dá vontade de sair para dançar Charleston! (Pergunte para sua avó — ela vai ensinar uns passos para você.) O vestido pode até ser retrô, mas seu momento é AGORA, e você vai curtir a festa do século!

SEXTA-FEIRA, 11 DE JULHO

Mal consigo acreditar que estaremos em turnê em apenas SETE dias!

Como a Zoey é SUPERorganizada, ela sugeriu que começássemos a fazer as malas HOJE. Partiremos em turnê por quatro semanas e precisamos levar roupas para usar durante o dia.

Não temos que nos preocupar com as roupas para o palco, pois isso será de responsabilidade da nossa diretora de criação e do nosso estilista.

Sou a primeira a admitir que não sou FASHIONISTA! Normalmente, uso jeans SUPERconfortáveis, shorts, camiseta, sandálias e tênis no verão.

Mas a Chloe insistiu que nosso guarda-roupa de verão tinha que ser LINDINHO, CHIQUE E MODERNO, como o de todas as ESTRELAS POP. Ela deu a Zoey e a mim uma revista de moda adolescente chamada *Fashion Fantástica* para lermos e pegarmos ideias de roupas bacanas.

Eu revirei meu armário e, no desespero, resgatei uma caixa de roupas da escola do ano passado...

EU, DECIDINDO QUE MEU GUARDA-ROUPA NÃO É LINDINHO, NEM CHIQUE, NEM MODERNO ☹!

A boa notícia é que as lojas do shopping estão com uma PROMOÇÃO enorme de verão hoje! Então posso escolher umas roupas bonitas por um ótimo preço!

Eu ainda tenho todo o dinheiro que ganhei de aniversário e umas notas escondidas na minha gaveta de meias, além do dinheiro da venda de petiscos de cachorro que a Brianna e eu inauguramos mês passado. Não tenho tempo agora para explicar como começamos um negócio de petiscos de cachorro, é uma história muito longa e complicada.

Mas minha mãe concordou em assumir minhas tarefas e ajudar a Brianna enquanto eu ensaio com a banda e quando estiver em turnê.

Bom, eu planejo fazer compras amanhã e escolher umas roupas novas!

Eu estava lendo a revista da Chloe para pegar umas ideias legais de moda quando encontrei um anúncio incrível a respeito da Bad Boyz!

Eu o rasguei e enfiei no meu diário...

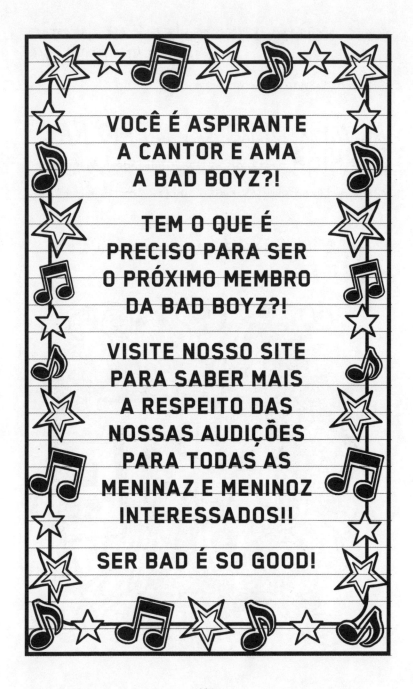

A informação que aparece no site é de que eles estão pensando seriamente em ter UM NOVO MEMBRO NA BANDA quando a turnê terminar!!

AI, MEU DEUS! Senti um FRIO NA BARRIGA pensando nas possibilidades! Mas eu também tenho que ser muito sincera comigo mesma.

Sim, eu AMO música! Mas meu primeiro AMOR é e sempre será a...

A ARTE é a minha PAIXÃO!!

Não sei se poderia VIVER sem ela!

Mas ei! Tudo é possível!

Talvez, no fundo da minha alma artística torturada, uma BAD GIRL esteja esperando para fugir para o mundo da BAD BOYZ!

☺!!

A BAD BOYZ ESCOLHE A COR DO BATOM PARA VOCÊ

1. Escolha sua flor preferida:

    A) margarida

    B) rosa

    C) orquídea

    D) lírio

2. Escolha sua tendência de moda retrô preferida:

    A) macacão

    B) camisa de flanela

    C) coturno

    D) legging

3. Escolha sua matéria preferida na escola:

    A) educação física

    B) inglês

    C) arte

    D) ciências

4. Escolha seu clipe preferido da Bad Boyz:

    A) "Até mais, hater!"

    B) "Viciado no seu batom"

C) "Emoji de emoções vazias"

   D) "Venenoso!"

5. Escolha a melhor capinha de celular:

   A) arco-íris

   B) coração feliz brilhante

   C) logo da Bad Boyz

   D) unicórnio doido

6. Escolha sua festa preferida:

   A) seu aniversário

   B) Dia dos Namorados

   C) Halloween

   D) Quatro de Julho

7. Escolha seu prato preferido para confortar a alma:

   A) batata frita

   B) morangos frescos

   C) cupcake

   D) cookies

8. Escolha seu animal preferido:

   A) canguru

   B) borboleta

C) morcego
D) coala

Se você escolheu mais vezes a alternativa A: AIDAN escolheu o batom Pura Confiança para seus lindos lábios! Esse batom vermelho-vivo é da cor da geleia de morango (com cheiro de morango também)! Com certeza vai deixar todo mundo que NÃO está beijando seus lábios com MUITA inveja!

Se você escolheu mais vezes a alternativa B: NICOLAS escolheu o batom Lágrimas de Fada para você! Sozinho ou por cima do seu batom preferido, esse gloss brilhante e chamativo vai encantar todo mundo. (Mas podemos afirmar: nenhuma fada foi ferida na produção do Lágrimas de Fada.)

Se você escolheu mais vezes a alternativa C: VICTOR escolheu Calada da Noite para trazer à tona seu guerreiro gótico/princesa zumbi! O batom preto é uma opção corajosa para uma garota (ou cara) que queira marcar presença. Diga ao mundo que leia seus lábios para entender exatamente quem você é!

Se você escolheu mais vezes a alternativa D: JOSHUA escolheu o batom Da Rosa ao Metal para você! Esse rosa suave é perfeito para a menina pé no chão que quer ficar bonita, sem estar muito neutra. Sua maquiagem é sutil, mas sua inteligência, não!

SÁBADO, 12 DE JULHO

Peguei a revista *Fashion Fantástica* que estou lendo obsessivamente nas últimas vinte e quatro horas, enfiei na bolsa e saí do carro.

"Me liga quando terminar as compras, querida. E lembre-se da nossa conversinha a respeito de não dar atenção a estranhos!", minha mãe gritou pela janela enquanto eu me apressava em direção à entrada do shopping, fingindo que não a conhecia.

Por causa das promoções de sábado, o shopping estava lotado. Dezenas de adolescentes torceram o pescoço para ver quem era a coitada que tinha sido publicamente humilhada ao ser tratada como uma menininha de cinco anos.

VALEU, MÃE ☹!

Minha loja PREFERIDA de roupas é a Sweet 16 Forever, e fiquei animada ao ver que tudo estava com cinquenta por cento de desconto! Assim eu conseguiria montar um guarda-roupa novinho de verão!
^^^^^^
EEEEEE ☺!!

Chloe e Zoey tinham ficado em casa para fazer as malas. Mas as duas estavam preparadas para me dar algum conselho emergencial de moda via mensagem de texto. A primeira coisa na minha lista de compras era um vestido de verão com acessórios combinando. Eu estava observando um vestido MUITO lindo em um manequim quando ouvi duas vozes familiares.

"AI, MEU DEUS, Tiffany! Eu NUNCA fui tão humilhada assim na minha vida TODA! Eu disse a todas as MINHAS dançarinas e a TODOS os meus 8.921 seguidores nas redes sociais que as Maníacas da Mac iam abrir o show da BAD BOYZ! Minha mãe entrou em contato com a coluna social, e meu pai contratou um jornalista e uma equipe de filmagem. E então Trevor Chase simples e brutalmente CANCELOU tudo sem avisar!"

"Que TERRÍVEL, MacKenzie! Mas você não disse que ele iria pensar a respeito e avisaria sobre a decisão depois? E a decisão dele foi... NÃO!"

"De que lado você está afinal, Tiff?! Você é minha MELHOR AMIGA! Eu chorei TRÊS dias inteiros! AI, MEU DEUS, esse vestido não é lindo de morrer?"...

EU, OUVINDO A MACKENZIE E A TIFFANY
CONVERSAREM SOBRE A TURNÊ DA BAD BOYZ!

Não foi como se eu estivesse ouvindo a conversa delas nem nada assim!

Sei lá, isso seria MUITO infantil!

Eu estava simplesmente parada atrás do manequim, espiando as duas e cuidando da MINHA vida!

"Bom, o Trevor me disse que escolheu a banda da Nikki! Você acredita nisso?!", MacKenzie resmungou. "Aquele bando de FRACASSADOS sem talento! Menos o Brandon, claro. Ele, sem dúvida, é um ótimo pretendente. Não sei o que ele vê na Nikki. Está certo que ele tem uma queda por VIRA-LATAS! Essa é a ÚNICA explicação que faz sentido para mim!"

"Concordo plenamente!", Tiffany riu. "O melhor amigo dele, o Max, é SUPERlindo também. Eu com certeza sairia com ELE! Os dois são voluntários na Amigos Peludos, né?! Então por que não compramos esses dois vestidos e os usamos para ser VOLUNTÁRIAS lá também?"

Fiquei muito CHATEADA e quase derrubei aquela GAROTA por acidente! O manequim, NÃO a MacKenzie!!

QUEM compraria um vestido para ser voluntária na Amigos Peludos e depois fingiria cuidar dos pobres animais, quando o ÚNICO motivo pelo qual ela estaria lá seria para PAQUERAR?!...

...DOIS MONSTROS FRIOS E SEM CORAÇÃO ☹!

"Tiffany, ADOREI a ideia! Mas precisamos ser voluntárias logo na próxima semana! O Brandon vai nessa turnê, e quando ele voltar a Amigos Peludos terá deixado de existir!"

"Você quer dizer que os garotos vão ficar tão obcecados por NÓS que nem vão mais se importar com a Amigos Peludos?!", Tiffany perguntou.

"NÃO! O lugar literalmente vai DEIXAR DE EXISTIR! Vai virar um ESTACIONAMENTO! O meu pai disse que o hospital da esquina quer se expandir. E, se ele convencer o dono do prédio da Amigos Peludos a vender o lugar para ELE, daí ele pode REVENDÊ-LO ao hospital pelo triplo do preço para fazer um novo estacionamento, o que gera MUITO lucro! Então o Brandon vai parar de PERDER tempo com aquelas BOLAS DE PELO estúpidas e FINALMENTE prestar atenção em MIM!", MacKenzie reclamou ao passar três camadas de gloss Vermelho Arraso, virada para um espelho próximo.

"Ah, entendi", disse Tiffany, parecendo meio confusa. "Mas, se a Amigos Peludos virar um estacionamento, para ONDE vão levar todos aqueles animais sem casa?!"

MacKenzie se virou e olhou para Tiffany pelo que pareceu uma ETERNIDADE.

"Sinceramente, não... não tenho certeza do que vai acontecer com eles", MacKenzie gaguejou, tensa.

Então ela se olhou no espelho de novo e enrolou o cabelo quando um sorriso frio se abriu em seu rosto.

"Mas sabe o que eu acho? Que isso NÃO é PROBLEMA meu!", ela disse com frieza ao passar mais uma camada de gloss. "AI, MEU DEUS! Tiffany, eu acho que quase ME IMPORTEI! Eu fiquei MUITO assustada!"

Então as duas riram daquela piadinha IRÔNICA.

Fiquei escondida atrás do manequim, totalmente em choque com o que tinha acabado de ouvir.

Eu não disse nada, mas dentro da minha mente eu estava FERVENDO DE RAIVA!

Claro, havia a possibilidade de a MacKenzie estar mentindo!

Sei lá, a garota mente sobre as mentiras dela.

Mas o pai dela É um dos empresários mais ricos da cidade.

E é CONHECIDO por seus negócios ESTRANHOS, táticas ESCUSAS e SEDE incontrolável de DINHEIRO!

AI, MEU DEUS! E se a Amigos Peludos for MESMO um estacionamento quando voltarmos da turnê?!

O Brandon ficaria ARRASADO!

E a vida de dezenas de animais estaria em risco!

Não tem como eu participar da turnê da Bad Boyz sabendo do que está prestes a acontecer!

Eu preciso ficar e IMPEDIR o sinistro Marshall "Saco de Dinheiro" Hollister e sua malvada filha MacKenzie!

De repente me senti tão NAUSEADA que pensei que ia vomitar o burrito que eu havia comido no café da manhã em cima do vestido SUPERlindo que o manequim estava vestindo!

☹!!

DOMINGO, 13 DE JULHO

No último registro do meu diário, contei sobre ter ouvido a MacKenzie falar para a Tiffany que a Amigos Peludos se transformaria em um ESTACIONAMENTO!! Eu precisava saber mais sobre esse plano diabólico! Então segui as duas até a seção de roupas casuais.

"MacKenzie, você AINDA está planejando FAZER O TESTE para a vaga da Bad Boyz?! Eu vi num anúncio na Teen TV! Todo mundo está falando sobre isso."

"Essa posição já é MINHA! A Bad Boyz só não SABE disso ainda!", MacKenzie se gabou. "Uma coisa é certa: NÃO vou perder tempo postando um vídeo online como um milhão de outros CANDIDATOS! Vou fazer o teste pessoalmente e ENCANTAR a todos com o meu incrível jeito de ser! Aqueles caras vão implorar para que eu entre na banda!"

"AI, MEU DEUS! Como você conseguiu um teste ao vivo?"

"Na verdade, AINDA estou tentando! Mas sempre consigo EXATAMENTE o que eu QUERO! Incluindo o Brandon!"

Quando ela disse ISSO, eu bati sem querer a cabeça na prateleira de calças jeans... POF!! Ai... 😟!

MEU DISFARCE FOI DESCOBERTO 😟!!

Então Tiffany correu até nós. Olhei com cara feia para as duas e revirei tanto os olhos que pensei que eles fossem saltar das órbitas como bolinhas de pingue-pongue e sair rolando pela seção de roupas de banho.

"Nikki, eu sei que você é obcecada por mim, mas essa coisa de me PERSEGUIR está ficando ASSUSTADORA!", disse MacKenzie, arregalando os olhos. "Não me ODEIE por eu ser LINDA!"

"Sinto por te decepcionar, mas você pode remover essa LINDEZA toda com um pano úmido!", respondi. "E NÃO estou te perseguindo, MacKenzie! Estou aqui apenas para comprar um... jeans, na verdade."

Empurrei para o lado as calças jeans atrás das quais eu estava me escondendo.

Em seguida, peguei uma calça boyfriend e fingi olhar a etiqueta.

"Nossa! Que linda!", falei alto para mim mesma, tentando ignorar as duas da melhor maneira.

"ISSO é uma calça jeans boyfriend!", MacKenzie riu. "Sugiro que você experimente uma marca que combine com o seu estilo. Tipo uma calça jeca da marca Feia Demais Para Namorar!"

Certo... ELA QUERIA GUERRA!

"Sério? Parece que é VOCÊ QUEM QUER UM NAMORADO, MacKenzie! E está tão desesperada que está disposta a transformar a Amigos Peludos em um ESTACIONAMENTO para conseguir isso!", respondi com raiva enquanto olhava para aqueles olhinhos redondos de serpente. "O Brandon NUNCA consideraria VOCÊ uma boa pretendente!"

Tiffany e MacKenzie trocaram olhares repletos de nervosismo. Elas sabiam que eu tinha escutado a conversa!

"Olha, Nikki, eu quero fazer o teste para a Bad Boyz! E VOCÊ quer que a Amigos Peludos continue aberta, certo?! Então vamos fazer um ACORDO! Se você ME incluir no último show da turnê E me apresentar para os garotos da Bad Boyz, vou falar com o meu pai sobre a Amigos Peludos! Vai ser NOSSO SEGREDINHO! COMBINADO?

Fiquei ENCARANDO a MacKenzie, sem acreditar!

COMO ela era capaz de pedir que EU fizesse algo tão SUJO e DESONESTO?

"VOCÊ, MacKenzie Hollister, é um abismo loiro fútil e egoísta de MALDADE!"

Gritei com ela, totalmente irada.

Mas eu só disse isso dentro da minha cabeça, por isso ninguém além de mim ouviu!

"VOCÊ é uma CHANTAGISTA manipuladora e dissimulada!", falei com desprezo.

Então, MacKenzie sorriu de um jeito malvado...

EU, EM CHOQUE POR MACKENZIE ESTAR TENTANDO ME CHANTAGEAR!!

Fiquei parada bem na frente do nariz daquela garota, como se fosse uma espinha, e disse a ela EXATAMENTE o que eu pensava a respeito do PLANO dela!

Em seguida, virei e saí depressa da loja! Liguei para a minha mãe ir me buscar no shopping, apesar de não ter comprado nada.

Agora é noite de domingo, e eu ainda me sinto PÉSSIMA!

Estou sentada no meu quarto ENCARANDO a parede e TRISTE ☹!

E isso, por algum motivo, sempre parece fazer com que eu me sinta melhor ☺.

Basicamente, MacKenzie ME pediu para ser desonesta, mentirosa e desleal com o Brandon, com as minhas melhores amigas, com Trevor Chase e até com a Bad Boyz. Só para satisfazer suas AMBIÇÕES EGOÍSTAS!

Eu já sabia o que aconteceria se eu CONCORDASSE com aquela ideia. A MacKenzie conseguiria exatamente o que queria!

E, se meus amigos descobrissem que eu estava envolvida, provavelmente me ODIARIAM tanto quanto eu ME ODIARIA!

Mas e se eu NÃO CONCORDASSE com o acordo da MacKenzie?

O que aconteceria com os animais da Amigos Peludos?

E, mais importante ainda, o que aconteceria com o BRANDON e a FAMÍLIA dele?!

Os avós do Brandon são donos do abrigo de animais!

E o pai da MacKenzie tem um esquema para que o aluguel NÃO SEJA renovado e ele possa comprar o prédio e depois vendê-lo ao hospital para ser um estacionamento ☹!

Acho que existe uma possibilidade de tudo dar certo.

Mas TAMBÉM existe uma chance de tudo se transformar em um verdadeiro DESASTRE!

Tudo o que importa de verdade é que eu ME PREOCUPO com o Brandon. MUITO...

Não TEM COMO eu ARRISCAR que ele se magoe e seja obrigado a se mudar. Então, sim! Hoje, na Sweet 16 Forever do shopping, eu fiz um ACORDO com o DEMÔNIO!

E ele tem apliques de cabelo loiro, usa roupas de marca, é viciado em brilho labial e vai participar do nosso último show com a Bad Boyz!!

Espero que ninguém fique sabendo que eu tive algo a ver com o plano ABSURDO da MacKenzie para CONSEGUIR subir no palco, se apresentar ao vivo para a Bad Boyz e ROUBAR a vaga de novo integrante da banda.

Ei! Ela prometeu que esse seria NOSSO segredinho!

O Trevor provavelmente vai ficar FURIOSO com a MacKenzie, principalmente porque ele já disse NÃO para ela!

Pelo menos, quando ele ME EXPULSAR da turnê, os shows basicamente terão TERMINADO!

Acho que eu devia estar ALIVIADA por ter que lidar com a MacKenzie por apenas CINCO MINUTOS durante o show FINAL, e não durante TODA A TURNÊ DE QUATRO SEMANAS!! Isso seria uma TORTURA COMPLETA!

AI, MEU DEUS! Eu preferiria uma cirurgia de APÊNDICE com uma COLHER ENFERRUJADA a ter de lidar com a MacKenzie na turnê da Bad Boyz!!

!!

SEGUNDA-FEIRA, 14 DE JULHO

Trevor Chase chegou hoje com nossa diretora de criação e nosso estilista! Por isso, cancelamos o ensaio, já que tínhamos reuniões agendadas para a maior parte do dia.

Primeiro, íamos discutir com Trevor os detalhes da turnê com a Bad Boyz.

Depois, íamos nos encontrar com a diretora de criação para falar da música, da coreografia e da nossa apresentação de vinte e cinco minutos.

Em seguida conversaríamos com o estilista sobre cabelo, maquiagem e figurino para os shows.

E, por fim, teríamos uma reunião com nossos pais.

Trevor decidiu nos dividir em dois grupos para todas as reuniões, principalmente aquelas sobre figurino.

Assim, Chloe, Zoey, Violet e eu ficamos em um grupo, e Brandon, Marcus e Theo no outro.

Tenho que admitir, AS GAROTAS estavam bem ANIMADAS com essa coisa de turnê! . . .

COMEÇANDO O DIA COM RISOS INCONTROLÁVEIS E UM ABRAÇO COLETIVO!

A reunião com Trevor Chase foi muito divertida.

Cada um de nós vai RECEBER pela turnê de quatro semanas! Mas, para ser sincera, NÓS teríamos PAGADO aos Bad Boyz para abrir o show DELES.

É MUITO mais dinheiro do que imaginávamos!

Tenho certeza de que isso vai cobrir nosso primeiro ano na FACULDADE, o que é INCRÍVEL!

Enquanto estivermos em turnê, nós quatro vamos DIVIDIR um apartamento de dois quartos! Ficamos MUITO felizes por saber dessa notícia!

A diretora de criação vai ser nossa guia. Ela vai ficar em um quarto logo ao lado e estar sempre de olho na gente.

Se desobedecermos às regras do Manual de Turnê da Bad Boyz, vamos receber advertência. Qualquer um que acumule dez advertências será mandado imediatamente para casa!

AI ☹!

Temos que estar em nosso quarto todas as noites com as luzes apagadas trinta minutos depois do fim do show.

Café da manhã, almoço e jantar vão ser servidos no hotel, e podemos comer no restaurante ou pedir serviço de quarto. MUITO LEGAL ☺!

E é isso!

Todas as regras e informações estão no Manual de Turnê de cinquenta páginas, que Trevor entregou a cada um de nós e nos instruiu a ler com cuidado.

Nosso próximo encontro era com a diretora de criação!

Estávamos muito animadas por finalmente conhecê-la.

"Meninas, fico feliz em apresentar a vocês essa mulher fenomenalmente talentosa! Tenho certeza que já ouviram falar dela", disse Trevor quando ela entrou na sala. "Ela é uma patinadora medalhista olímpica, ex-diretora de um show nacional de patinação no gelo! Por favor, recebam nossa diretora de criação da turnê da Bad Boyz...

...A SRA. VICTORIA STEEL!"

AI, MEU DEUS! VICTORIA STEEL?!!

QUE ÓTIMO ☹!!!

Ela é a **DRAGOA LOUCA** daquele show de caridade desastroso chamado *Holiday on Ice* no qual Chloe, Zoey e eu patinamos em dezembro passado! A mulher me **ODIAVA** tanto que deu ordens à **EQUIPE DE SEGURANÇA** para me **ARRASTAR** para fora do rinque!

Tudo bem! Vou admitir que eu não queria patinar no ensaio do show naquele dia, por isso fingi estar com a **PERNA QUEBRADA** e a enfiei em um gesso feito com dois rolos de papel higiênico e fita!

Mas... **AINDA ASSIM!!** A Victoria **REAGIU COM EXAGERO** e ameaçou expulsar a Chloe, a Zoey e eu do rinque de patinação!

Minhas amigas e eu ficamos apenas olhando para ela, **CHOCADAS** e **ATÔNITAS!** Mais parecia um **PESADELO!**

!!

143

O QUE VOCÊ LEVA NA BOLSA?! ITENS ESSENCIAIS PARA GRANDES FÃS DA BAD BOYZ!

Você é a MAIOR fã da Bad Boyz? Se for, precisa estar pronta para uma EMERGÊNCIA a qualquer momento! Há SETE coisas importantes que uma SUPERFÃ precisa SEMPRE ter na bolsa!

Caneta permanente — E se você estiver descendo a rua e encontrar um dos garotos da Bad Boyz?! Quando você parar de agir como uma fã enlouquecida (quem estamos enganando? Isso não vai ter fim!!), vai querer um autógrafo. Por isso, SEMPRE leve uma caneta permanente com você!!!

Brilho labial ou batom — Obviamente, seus lábios devem estar beijáveis O TEMPO TODO! Sempre tenha um batom da sua cor preferida na bolsa ou no bolso. E confira nosso teste para descobrir que batom a Bad Boyz escolheria para você!!!

Balinhas de menta — Para aqueles momentos inesperados nos quais você está pertinho do seu Bad Boyz PREFERIDO, você vai querer um hálito de menta! Essas balinhas têm um gosto muito bom também! Pense em usá-las como item necessário com o batom mencionado anteriormente.

<u>Espelho compacto</u> — Nós sabemos que você está sempre UM ARRASO! Mas, quando finalmente encontrar o seu integrante preferido da Bad Boyz, vai querer ter um espelho à mão para ver se seus cabelos estão no lugar, se o batom não está borrado e se não tem alface presa nos dentes. Você também pode usar o espelho para ver se AINDA está respirando depois que for convidada para subir no palco.

<u>Música e fones de ouvido</u> — Nenhuma fã da Bad Boyz ficaria sem música e sem uma maneira de ouvi-la em qualquer situação! (Dica: os fones de ouvido sem fio facilitam para aquela OUVIDINHA durante a aula de matemática!)

<u>Diário ou caderno</u> — A melhor maneira de registrar todos os detalhes do MOMENTO em que você encontrar o seu Bad Boyz preferido é anotar tudo para lembrar PARA SEMPRE! Além disso, você nunca sabe quando será tomada pela inspiração e precisará escrever poesia e letras de música! O Nick sempre tem um diário ao alcance da mão, e VOCÊ deveria fazer a mesma coisa!

<u>Água</u> — Ser a maior fã da Bad Boyz é COMPLICADO!! 😃 É importante se manter hidratada para sempre poder cantar, dançar e incentivar os garotos da melhor maneira! (E, se quiser ser a maior fã com consciência, pode levar sua própria garrafa de água da Bad Boyz!)

TERÇA-FEIRA, 15 DE JULHO

Victoria Steel é ainda mais LINDA do que eu lembrava! Ela tem quase trinta anos e parece uma atriz famosa de Hollywood, uma modelo de passarela E rainha do pop, tudo isso em uma única pessoa SUPERglamorosa.

Também notei dois homens enormes de terno preto com ponto eletrônico e duas assistentes parecendo estressadas com o celular colado no ouvido.

Ela AINDA viaja com sua equipe de segurança e funcionários.

Victoria sorriu para nós de um jeito caloroso. "Oi, meninas, estou ansiosa para trabalhar com vocês!", ela disse, mandando beijinhos a cada uma de nós. "Estou aqui para ajudar a transformar vocês em GRANDES estrelas! Os sonhos se realizam, SIM!"

NOSSA! Essa versão nova de Victoria Steel parecia ser SUPERsimpática!

Mas, depois que Trevor apresentou Chloe, Zoey, Violet e eu, Victoria cruzou os braços e estreitou os olhos.

"Chloe, Zoey e Nikki, vocês me parecem MUITO familiares! Já nos vimos antes?", perguntou ela, olhando para nós com suspeita.

Minhas amigas e eu trocamos olhares nervosos e só demos de ombros. DE JEITO NENHUM admitiríamos que NÓS éramos as TRÊS palhaças desajeitadas que patinaram no Holiday on Ice em dezembro.

AI, MEU DEUS! Eu caí no gelo tantas vezes durante a apresentação que meu TRASEIRO ficou congelado!

"Na verdade, você JÁ VIU as garotas, sim!", Trevor explicou. "Eu te enviei um vídeo da banda delas há algumas semanas, enquanto escolhíamos os convidados."

"Ah, sim, isso explica. Minhas observações estão aqui no meu iPad", disse Victoria, procurando na bolsa e se irritando por não conseguir encontrar.

"ONDE ESTÁ O MEU IPAD?", ela gritou de repente com seus funcionários. "PRECISO DO MEU IPAD! AGORA MESMO! Como vou fazer meu trabalho se vocês não estão fazendo o SEU? PARA QUE ESTOU PAGANDO VOCÊS?!!"

Eles imediatamente começaram a procurar, revirando bolsas e maletas, desesperados. E poucos segundos depois...

...CADA UM DELES ENTREGOU UM IPAD A VICTORIA!

Uma coisa era bem óbvia:

148

Victoria AINDA tinha o péssimo hábito de GRITAR com as pessoas! Sem motivo aparente.

"Quantos iPads são necessários para acalmar uma diva?", Violet sussurrou para nós. Tentamos não cair na risada!

"Eu preciso do iPad com a capa ROSE GOLD!", ela gritou. "NÃO o da capa de ONCINHA! NÃO o da capa BRILHANTE! NÃO o da capa de LANTEJOULAS! E NÃO o da capa de GLITTER! Vocês são todos INÚTEIS!!"

Victoria revirou os olhos, com nojo. Então deu as costas para nós e abriu um sorriso falso.

"Sinto muito, Trevor, mas parece que o iPad de que preciso está no hotel. Mais tarde vou enviar a todos, por e-mail, minhas ideias FABULOSAS."

"Tudo bem, Victoria. Agora, o que você acha de fazermos uma atualização da nossa campanha nas redes sociais para o show de abertura?", perguntou Trevor.

UAU! Nossa banda ia mesmo ter uma campanha nas redes sociais? MUITO LEGAL ☺!

"Claro! Vai ser ENORME! Vai ser DEMAIS! Vai ser MODERNO!", Victoria se gabou. "E vai ser BEM trabalhoso! Por isso, pretendo contratar um estagiário de mídias sociais para cuidar do lançamento e da atividade diária online. Essa pessoa vai nos acompanhar na turnê e postar atualizações e fotos bonitas em todas as cidades."

"Fantástico!", Trevor respondeu.

De repente, Victoria arregalou os olhos para os seguranças. "Alguém pode, POR FAVOR, me trazer uma garrafa de água?! POR QUE eu tenho que PEDIR? E é melhor que seja água MINERAL em garrafa de VIDRO em TEMPERATURA AMBIENTE, ou vou jogar no LIXO na mesma hora! DEPRESSA! Antes que eu MORRA de SEDE!"

Os homens assentiram com nervosismo e logo sumiram na missão para encontrar a água que ela tinha pedido.

Então Victoria sorriu para nós e perguntou se tínhamos perguntas a respeito da turnê. Mas ficamos ali bem ansiosas, amedrontadas demais para fazer perguntas. Por isso, nossa reunião finalmente terminou.

"Obrigada por ter reservado um tempo para se reunir com as garotas e os garotos hoje, Victoria!", Trevor disse. "Você vai voltar para o hotel?"

Ela olhou para o relógio enquanto colocava os óculos escuros grandes de marca...

EU ESTAVA ADORANDO O ESTILO GLAMOROSO DA VICTORIA!

"Na verdade, serei condecorada A MULHER DO ANO em uma recepção no Instituto Westchester de Moda e

Cosmetologia dentro de uma hora. Eu ODEIO ir a esses eventos RIDÍCULOS, são uma PERDA total do meu tempo! As pessoas são rasas e entediantes, a comida é PÉSSIMA, eu não serviria nada daquilo nem ao meu GATO!", Victoria reclamou.

NOSSA! Esse lugar é da tia da MacKenzie!

Victoria continuou: "Mas haverá câmeras de TV e uma multidão de fãs que me AMAM. Caso contrário, eu nem me daria o trabalho de aparecer. Bom, foi legal ver vocês, meninas. Manteremos contato!"

Então ela saiu da sala com os funcionários logo atrás.

"ONDE ESTÃO MEUS SEGURANÇAS? SE EU ME ATRASAR PARA ESSE EVENTO, ALGUÉM SERÁ DEMITIDO!", Victoria ameaçou enquanto a porta do elevador se fechava.

De repente, fez-se um silêncio tão grande na sala que parecia que todo o ar tinha sido sugado pela energia negativa dela.

Então, Violet disse: "Se alguém for QUEIMADO da folha de pagamento, é possível que simplesmente apaguem as chamas com água MINERAL da garrafa de VIDRO em TEMPERATURA AMBIENTE!"

Por fim, Trevor pigarreou. "Bom, como vocês podem ver, a Victoria é um pouco... hum, tensa. Mas pessoas criativas são assim mesmo. Se vocês tiverem algum problema com ela, podem me contar. Ela é muito boa no que faz! Mas tenho que admitir que não tem muita habilidade para lidar com as pessoas."

Desculpa, mas a falta de "habilidade para lidar com as pessoas" da Victoria é só a ponta do iceberg. Ela tem um problema MUITO MAIOR e mais complicado do que esse. E eu sei exatamente qual é, com base em minha vasta experiência com outra RAINHA DO DRAMA (cujo nome não será dito)...

VICTORIA STEEL é uma DIVA má, grosseira, egoísta e mimada!

E a parte ASSUSTADORA é que ela vai ser nossa GUIA na turnê ☹!!...

MINHAS AMIGAS E EU, NA CADEIA, COM NOSSA CARCEREIRA GLAMOROSA, VICTORIA!

Serão QUATRO. SEMANAS. MUITO. LONGAS!!

!!

QUARTA-FEIRA, 16 DE JULHO

Como tivemos uma manhã repleta de reuniões na segunda, Trevor nos levou à Queijinho Derretido para almoçar. Mas minhas amigas e eu AINDA estávamos traumatizadas pelo DRAMA com a Victoria e quase nem tocamos na comida!

AI, MEU DEUS! Meu estômago estava TÃO REVIRADO que parecia que eu ia vomitar a qualquer momento!

Mas, para ser sincera, SEMPRE que eu como na Queijinho Derretido, meu estômago fica tão REVIRADO que parece que eu vou vomitar!

A primeira reunião da tarde foi com o estilista. A pessoa que seria responsável por nosso cabelo, roupa e maquiagem quando estivéssemos no palco.

"Meninas, temos muita sorte por poder trabalhar com um designer de moda e estilista famoso no mundo todo", disse Trevor, sorrindo. "Além de ser um lançador de tendências, é uma das pessoas mais legais e engraçadas que conheço. Vocês provavelmente já o viram na TV. Estou muito contente de apresentar o estilista da turnê da Bad Boyz...

..."O SR. BLAINE BLACKWELL!"

AI, MEU DEUS! Era O próprio BLAINE BLACKWELL!! Ficamos muito ANIMADAS ao vê-lo de novo! Chloe, Zoey e eu AMAMOS esse cara e somos SUPERFÃS! Ele é FAMOSO por seu programa popular na televisão, o

Intervenção na roupa feia!

E seu novo programa originado do primeiro:

Intervenção no pé feio: esquadrão da pedicure!

Nós conhecemos Blaine no mês de março passado em um show da Bad Boyz. Tudo começou quando perdemos os passes de acesso aos bastidores que o Trevor havia nos dado. Então, Chloe, Zoey e eu acabamos entrando SORRATEIRAMENTE.

Foi quando nos deparamos com Blaine, que estava ali para produzir a atração de abertura, as Divas da Dança.

Mas, por algum motivo esquisito, ele pensou que NÓS fôssemos as Divas da Dança! Não é MA-LU-CO?!

Tá, tudo bem! Admito que NÓS talvez tenhamos DITO a ele que éramos as Divas da Dança. Mas... MESMO ASSIM!

Chloe, Zoey e eu ganhamos uma TRANSFORMAÇÃO completa! Foi INCRÍVEL!!...

NOSSA FABULOSA TRANSFORMAÇÃO COMO DIVAS DA DANÇA, CORTESIA DE BLAINE BLACKWELL! (ESTAS SOMOS NÓS COM PERUCAS LINDAS.)

"Estou muito feliz em conhecê-la, Violet!", Blaine disse. "Você tem olhos lindos e DRAMÁTICOS! E Nikki, Chloe e Zoey, é ótimo rever vocês!" Ele sorriu. "Estou animado para trabalhar com TODAS vocês na turnê da Bad Boyz!"

"AI, MEU DEUS! Estamos DOIDAS para trabalhar com VOCÊ também!", minhas melhores amigas e eu respondemos.

"Bom, eu posso entender O MOTIVO!", Blaine murmurou enquanto observava nosso rosto de perto. "Vejam essas SOBRANCELHAS! Parece que duas centopeias gordinhas e extrapeludas subiram na testa de vocês e MORRERAM!"

Sim, era VERDADE! Nossas sobrancelhas provavelmente estavam um pouco cheias demais e precisávamos de um bom design para elas.

"E essas PONTAS DUPLAS horrorosas! Meninas, vocês não têm VERGONHA?", Blaine resmungou. "Eu poderia enfiar a cabeça de vocês dentro de um balde com água e sabão para esfregar o chão do banheiro com esse cabelo!"

Nosso cabelo REALMENTE anda meio frisado e difícil de ajeitar por causa do calor e da umidade do verão.

"E as roupas são HORRÍVEIS!", Blaine disse, dando de ombros. "ONDE vocês encontraram essas roupas PÉSSIMAS?! Em uma lata de LIXO atrás de uma loja de QUINTA CATEGORIA?!"

NOSSA! Os comentários dele a respeito das nossas roupas fofas foram BRUTAIS! Ficamos só olhando para ele, totalmente EMUDECIDAS!

AI, MEU DEUS! Era uma ENORME HONRA ser TOTALMENTE DETONADA pelo designer de moda e estilista famoso no mundo todo BLAINE BLACKWELL!

Ele fez com que nos sentíssemos ANIMAIS DE ZOOLÓGICO sem noção nenhuma de moda ☹!! E estávamos AMANDO isso ☺!!

"Certo, Violet será poupada, já que é nova nesse processo. Mas vocês TRÊS já foram julgadas CULPADAS de numerosos CRIMES indescritíveis contra a MODA!", Blaine exclamou. "Prometo dar a cada uma de vocês a melhor TRANSFORMAÇÃO que eu conseguir! Mas lembrem-se, meninas, sou estilista, não MÁGICO!"

Blaine então nos mostrou alguns rascunhos dos modelos que ele havia criado para usarmos no palco...

ADORAMOS OS MODELOS QUE BLAINE CRIOU EXCLUSIVAMENTE PARA NÓS!

Em seguida, ele avaliou nosso tipo de pele e encomendou para cada uma de nós uma maleta de cosméticos caros com maquiagem de cores diferentes, incluindo gloss ☺!

Nós nos divertimos MUITO com Blaine, a ponto de ficarmos um pouco tristes quando a reunião com ele terminou.

Por fim, Trevor conheceu os pais de todas nós. Ele falou sobre coisas MUITO CHATAS e respondeu a um monte de perguntas ainda MAIS CHATAS feitas por eles. Depois, todo mundo foi para uma sala chique de reunião onde havia uma mesa enorme e assinou um monte de papelada.

Voltando para casa, meus pais admitiram que estavam um pouco nervosos por eu sair em turnê.

Mas eu não estava nada preocupada! A Bad Boyz é uma banda famosa internacionalmente, e a SEGURANÇA na turnê e nos shows é EXCEPCIONAL!

Mas minhas amigas e eu não PRECISÁVAMOS de segurança.

Nossa guia, Victoria Steel, é MAIS MALVADA E MAIS ASSUSTADORA do que um CÃO RAIVOSO!! ☹!!

A BAD BOYZ PLANEJA UMA FESTA SURPRESA PARA VOCÊ!

Seu aniversário acontece só uma vez por ano! Por isso ele é a desculpa perfeita para você convidar vinte de seus melhores amigos para brincar de jogos como Salada Mista, Você Prefere, Verdade ou Desafio e Eu Nunca! O único problema é que você nunca deu uma festa grande e não faz a menor ideia de qual tema escolher. É aqui que entra a Bad Boyz! Agora você pode ter uma celebração divertida e incrível sem nenhum estresse!

Faça o teste para descobrir qual membro da Bad Boyz é o cara perfeito para te fazer uma FESTA SURPRESA de aniversário! E descubra qual tema interessante ele escolheu especialmente para você!

Graças ao seu Bad Boy especial, os amigos AINDA estarão falando sobre a SUA festa de aniversário na formatura do ensino médio!

1. Meu tipo preferido de música é:
    A) pop
    B) hip-hop
    C) R&B
    D) K-pop/J-pop

2. Meu tipo preferido de sapato é:
   A) tênis
   B) plataforma
   C) sandália
   D) chinelo

3. Meu sabor preferido de pizza é:
   A) calabresa
   B) cheia de tudo
   C) queijo
   D) havaiana

4. Meu filtro preferido para postar fotos divertidas é o de:
   A) orelhas de animais e óculos
   B) coroa de flores
   C) olhos apaixonados
   D) troca de rosto

5. Minha boia preferida para usar na piscina é:
   A) golfinho
   B) tubarão
   C) flamingo
   D) unicórnio

6. Minha maneira preferida de RELAXAR é:

    A) ler um bom livro

    B) fazer uma maratona da minha série preferida

    C) ficar na banheira cheia de espuma

    D) sair com os amigos

7. A cobertura de sorvete de que mais gosto é:

    A) calda quente

    B) chantili

    C) granulado

    D) balinha de goma

8. Meu petisco preferido é:

    A) cookies

    B) nachos

    C) pipoca

    D) bala

Se você escolheu mais vezes a alternativa A: SURPRESA! O Bad Boy JOSHUA planejou uma festa NOITE DE CINEMA só para você no seu aniversário!

Você é INTELIGENTE, LEAL E INCENTIVADORA, e seus amigos te adoram. E você gosta de estar com eles também. Independentemente de assistirem a uma comédia hilária, a um filme de aventura interessante ou a um suspense de arrepiar, sua festa de aniversário noite de cinema será divertida, cheia de RISOS! Depois que fizerem uma caça ao tesouro, você e seus amigos podem se sentar, relaxar e fofocar sobre a Bad Boyz enquanto assistem a seus filmes preferidos. Não deixe de estourar pipoca para todo mundo!

Se você escolheu mais vezes a alternativa B:
SURPRESA! O Bad Boy VICTOR planejou uma festa À FANTASIA só para você no seu aniversário!

Você é conhecida por ser CRIATIVA, MODERNA E INDEPENDENTE. Por isso, uma festa à fantasia vai permitir que você dê vazão ao seu senso de moda. Pode ser com zumbis, astros do pop ou super-heróis, o palco está armado para todos se divertirem AO MÁXIMO. Deixe todo mundo contente brincando de Verdade ou Desafio e dê um prêmio pela fantasia mais original (apesar de você merecer ganhar, claro). Os Bad Boyz e todos os seus amigos vão te aplaudir por sua festa à fantasia FABULOSA!

Se você escolheu mais vezes a alternativa C:
SURPRESA! O Bad Boy NICOLAS planejou uma festa DA PIZZA só para você no seu aniversário!

Seus amigos te amam porque você é GENEROSA, CALOROSA E SIMPÁTICA. E você vai servir PIZZA para eles. Os Bad Boyz e todos os seus amigos vão se divertir MUITO na sua festa de aniversário regada a pizza. Usando ingredientes frescos, todos terão a chance de fazer a própria pizza, quente e cheia de queijo, enquanto ouvem suas músicas preferidas e jogam Salada Mista! Você pode até fazer uma competição de sabores para determinar quem fez a pizza mais deliciosa (apesar de Nick arrasar com a receita secreta da família dele). Então todo mundo consegue comer um pedaço repleto de queijo (ou cinco pedaços), e seu aniversário vai ser o MELHOR de todos!

Se você escolheu mais vezes a alternativa D: SURPRESA! O Bad Boy AIDAN planejou uma festa na PISCINA para você no seu aniversário!

Todo mundo adora passar um tempo com você, porque você é CARISMÁTICA, DIVERTIDA e tem SENSO DE HUMOR. Não é de admirar que a sua festa na piscina seja um ARRASO! Independentemente de você estar nadando, comendo hambúrguer, jogando Você Prefere ou simplesmente tomando sol, seu aniversário vai ser muito feliz! Os Bad Boyz e todos os seus amigos sempre vão se lembrar da sua festa MARAVILHOSA. Não esqueça as BOIAS!

QUINTA-FEIRA, 17 DE JULHO

Amanhã partimos para a turnê da Bad Boyz e eu AINDA estou arrumando as malas! POR QUÊ?!

Finalmente admiti para Chloe e Zoey que, quando fui fazer compras no shopping no sábado passado, estava tão estressada, cansada e ansiosa que não comprei nadinha.

(Claro que evitei detalhes importantes, como o ESTRESSE causado pelo plano horroroso da MacKenzie, o CANSAÇO com a preocupação que sentia em relação ao Brandon e à Amigos Peludos e a ANSIEDADE pelo meu acordo SECRETO.)

Por isso, fiquei surpresa quando minhas melhores amigas apareceram hoje e literalmente ME ARRASTARAM de volta ao shopping para fazer umas compras de última hora, já que aquela promoção de cinquenta por cento de verão ainda estava rolando.

Passamos longas horas fazendo muitas compras. E, quando minhas amigas terminaram, eu estava com nove sacolas e um guarda-roupa de verão novinho e superchique! . . .

Chloe e Zoey são as MELHORES amigas DO MUNDO ☺!

Só queria que elas tivessem feito compras comigo no sábado.

Quanto mais penso naquele acordo que fiz com a MacKenzie, mais percebo como foi ERRADO.

Eu permiti que ela me MANIPULASSE para fazer algo DO MAL, concordando em deixá-la se apresentar no palco com a minha banda durante a NOSSA apresentação, em busca da vaga de novo integrante da Bad Boyz.

Se a Chloe e a Zoey descobrirem, vão ficar FURIOSAS comigo!

E se o Brandon descobrir...!!

AI, MEU DEUS ☹!

Como tudo isso o envolve diretamente, assim como aos avós dele e a Amigos Peludos, eu não me surpreenderia se ele NUNCA mais falasse comigo!

E não o julgaria nem um pouco por isso!

Estou tentando ajudar o Brandon a salvar a Amigos Peludos.

Mas talvez eu devesse simplesmente contar às minhas amigas, e assim elas poderiam me ajudar a fazer a coisa CERTA.

A boa notícia é que tenho quase QUATRO semanas para tentar entender isso!

Bom, FINALMENTE fiz as malas e estou pronta para ir ☺! ...

MINHA BAGAGEM SUPERFOFA PARA A TURNÊ!

SIM! Eu noto a ironia enorme no fato de que foram minhas *iniamigas* mortais, MacKenzie e Tiffany, que me deram de presente de aniversário as malas FABULOSAS que estou usando para essa turnê.

Mas amanhã eu parto na maior e mais animada AVENTURA de toda a minha vida!

E me RECUSO a deixar ALGUÉM estragar isso!

Principalmente a MACKENZIE!

☺!!

SEXTA-FEIRA, 18 DE JULHO

Hoje é o dia com o qual venho SONHANDO há meses!!

Hoje começamos a turnê abrindo o show da

BAD BOYZ!
^^^^^^
ÉÉÉÉÉÉ ☺!! E amanhã à noite é o primeiro show! Estou tão animada que mal dormi a noite passada.

A primeira cidade da turnê é Chicago, Illinois. Recebemos a informação sobre nosso voo há alguns dias com orientações para encontrarmos Victoria Steel perto do balcão de check-in da companhia aérea às 9h. Eu estava nervosa com a possibilidade de vê-la de novo. Mas até mesmo meu PAVOR de ter que lidar de novo com aquela RAINHA DO GELO mal-humorada não conseguiu DIMINUIR meu ânimo!

Assim que meus pais e eu entramos no saguão do aeroporto, imediatamente vi todos os membros da minha banda reunidos perto de Victoria, que estava ocupada enviando mensagens de texto...

MINHA BANDA PRONTA PARA O MUNDO!

Eu abracei e beijei minha família para me despedir e prometi que ligaria assim que pousasse em Chicago. Tive que contar para a Brianna que a Bad Boyz e o Trevor viajam em um avião particular, por isso ela não conseguiria encontrá-los no aeroporto. Meus amigos e eu nos cumprimentamos e falamos animados a respeito da turnê.

Victoria finalmente terminou a conversa no telefone e fez um gesto para que nos aproximássemos. "Estão todos prontos para a turnê da Bad Boyz?", ela perguntou.

Claro que nós gritamos, bem animados: "SIM!!"

"ÓTIMO! Vamos fazer o check-in e seguir para o portão de embarque. Mas primeiro tenho um anúncio importante! Conheci uma jovem inteligente em um evento alguns dias atrás. E, quando mencionei que estava procurando um estagiário para a turnê da Bad Boyz, ela generosamente se ofereceu para o trabalho. Ela tem grande experiência com mídias sociais e o seu PRÓPRIO fã-clube, com quase dez mil seguidores. Também soube que ela é generosa, gentil, leal e uma das MELHORES AMIGAS de vocês! Perfeito! Lá vem ela! Fico feliz por apresentar minha nova estagiária de mídias sociais...

. . . MACKENZIE HOLLISTER!!"

Eu NÃO podia acreditar no que estava OUVINDO e VENDO!

MACKENZIE HOLLISTER?!!

Nossa melhor amiga?! Todos olhamos para ela, chocados!

Ver a MacKenzie foi... DOLOROSO! Foi como se eu tivesse tomado um GOLPE na cara! Com um TACO DE BEISEBOL!

"Obrigada, Victoria! Estou MUITO honrada por trabalhar com VOCÊ! Você é um grande exemplo para os jovens de hoje!", MacKenzie disse, levando a mão ao coração de um jeito dramático. "Oi, pessoal! Estou MUITO feliz por participar desta turnê com vocês, meus melhores amigos, oficialmente como sua diretora de mídias sociais, gerente de relações influentes e conselheira. Assim que chegarmos a Chicago, farei uma reunião para dar um resumo das minhas expectativas e a participação de vocês nessa campanha. Fiquem sabendo que a presença de todos é OBRIGATÓRIA! Então, se tiverem perguntas, dúvidas e comentários, podem dizer."

Eu levantei a mão. "Hum... desculpa! Mas eu PRECISO muito ir ao BANHEIRO agora!", murmurei enquanto MacKenzie ria com cinismo e revirava os olhos.

Caminhei com muita calma até o banheiro mais próximo. Então, entrei no primeiro cubículo, tranquei a porta e...

...TIVE UM CHILIQUE COMPLETO!!

Eu fiquei TRISTE! Mas pelo menos lidei com a situação de um jeito muito MADURO e DISCRETO...

EU, TENDO UM ATAQUE DE GRITOS!

Vocês não precisam me lembrar! Tenho total noção de que disse: "Eu me RECUSO a deixar alguém arruinar essa aventura. Principalmente a MacKenzie!"

BOM! Sinto muito... MENTI! Vamos ficar PRESOS com a MacKenzie pelas próximas QUATRO SEMANAS!!

Então, até onde eu sei, essa TURNÊ está...

TOTALMENTE.

IRREMEDIAVELMENTE.

INCONDICIONALMENTE.

ARRASADA!!

PARA SEMPRE ☹!!

A ÚNICA coisa boa a respeito dessa situação HORRÍVEL é que ela NÃO tem como ficar PIOR!!

MESMO se PERDERMOS nossa BAGAGEM e formos FORÇADOS a VESTIR exatamente as mesmas roupas, meias e peças íntimas IMUNDAS todos os dias por QUATRO SEMANAS, sem nem sequer uma ESCOVA DE DENTES!

MESMO que sejamos ATINGIDOS por um METEORO de duas toneladas no palco bem no meio do refrão da nossa música "OS TONTOS COMANDAM!".

ABSOLUTAMENTE NADA pode ser PIOR do que a MACKENZIE estar nessa TURNÊ!!

Ainda bem que quando aterrissamos em Chicago eu já tinha me acalmado. Tinha SUPERADO a MacKenzie e o fato de ela basicamente ter SEQUESTRADO a nossa turnê.

Minhas melhores amigas tinham me convencido a ignorá-la e a aproveitar cada segundo do que seria a REALIZAÇÃO DE UM SONHO!

A Violet até me fez rir com uma piada, dizendo que a MacKenzie estaria ocupada demais olhando para seu próprio reflexo nos espelhos do quarto de hotel para voltar a aparecer em público.

E elas tinham razão. Nosso hotel de luxo era tudo o que tínhamos imaginado, com lustres enormes, pisos sofisticados de mármore e uma fonte no saguão!

Claro que fizemos algumas selfies enquanto Brandon tirava fotos de tudo para o livro de recortes da turnê.

Estávamos com pouco tempo, então nossa bagagem foi levada para os quartos enquanto os membros da minha banda e eu fazíamos uma reunião na hora do almoço com Trevor e Victoria.

MacKenzie convenientemente tinha esquecido a reunião obrigatória dela e insistiu em ir direto para o quarto para dar início à campanha nas redes sociais.

Mas ouvi quando ela disse a Tiffany, pelo celular, que planejava passar um dia relaxante no spa e pedir uma refeição gourmet pelo serviço de quarto!

Depois do almoço, tivemos uma sessão de penteados com Blaine, uma hora para acertar as peças de figurino com a costureira e, por fim, o ensaio da banda — com um coreógrafo, que nos ensinou alguns passos de dança novos!

Às 16h, estávamos totalmente exaustos e ansiosos para relaxar no quarto do hotel. Foi quando Victoria finalmente nos disse como iríamos nos dividir.

Chloe, Zoey e Violet seriam colegas de quarto durante toda a turnê e ficariam em uma suíte. E Brandon, Theo e Marcus seriam colegas de quarto durante toda a turnê, dividindo outra suíte.

A Bad Boyz, claro, tinha uma ala toda do hotel reservada para ela, com seguranças posicionados nos elevadores e na porta das suítes para evitar a entrada de fãs.

Já para MIM houve notícias BOAS e RUINS!

Eu já tinha chegado à conclusão de que a notícia BOA era que aquela situação PÉSSIMA na turnê não poderia ficar PIOR!! CERTO?! Bom, a notícia RUIM é que eu estava muito ENGANADA a respeito da notícia BOA!

Fiquei CHOCADA e DESANIMADA ao descobrir que MINHA colega de quarto da turnê INTEIRA era a ÚLTIMA pessoa que eu teria escolhido na face da Terra...

SIM! Minha colega de quarto é a MACKENZIE!! NÃO TEM COMO eu conseguir SOBREVIVER a essa turnê de quatro semanas!

Muito calmamente, atravessei o corredor e bati à porta do quarto das minhas amigas! E quando elas atenderam...

... EU CAÍ NO CHORO!!!

Naquele momento, eu só queria ir para CASA!

!

SÁBADO, 19 DE JULHO

TANTA COISA aconteceu ontem que provavelmente vou escrever a respeito durante DIAS!

Violet já estava cochilando, e os meninos tinham ido para um quarto no fim do corredor. Como não queríamos perturbar nossos colegas de banda, Chloe e Zoey decidiram que seria melhor se eu tivesse meu ATAQUE DE NERVOS em outro lugar. Então pegamos o elevador e descemos para o saguão. Eu estava à procura de um lugar escondido, onde cavaria um buraco fundo, entraria nele e MORRERIA. Foi quando demos de cara com o Trevor!

Claro que fingimos que tudo estava bem e abrimos sorrisos amarelos.

"Oi, meninas! Que bom encontrar vocês!", Trevor exclamou. "Vocês querem conhecer os garotos da Bad Boyz? Estou indo vê-los agora mesmo!"

Aquele homem perguntou se queríamos...

CONHECER A BAD BOYZ?!!

Nós três ficamos olhando para o Trevor, boquiabertas.

"Vou entender isso como um SIM!", ele disse, rindo.

AI, MEU DEUS! Nós íamos mesmo conhecer os caras da Bad Boyz! ÊÊÊÊÊÊ ☺!!

Fomos de escada até o segundo andar e passamos pelos seguranças e por meia dúzia de funcionários da equipe da Bad Boyz, chegando à porta da sala de reuniões. Trevor então apresentou sua assistente, Mallory. Ela disse que os Boyz estavam no meio de uma entrevista com a Teen TV, mas poderíamos assistir em silêncio.

DESCULPA, mas COMO conseguiríamos assistir em SILÊNCIO?!! No último show deles, nove meninas foram levadas ao hospital exigindo cuidados nas cordas vocais por causa dos GRITOS em excesso!! Eu lembrei a mim mesma que os Bad Boyz também são humanos! Eles arrotam, suam e ficam com brotoejas como todo mundo, CERTO?

ERRADO!!

Mallory abriu a porta da sala de reuniões, e Chloe, Zoey e eu quase fomos CEGADAS pela luz dourada que vinha do BRILHO angelical deles...

AI, MEU DEUS! ERAM MESMO OS BAD BOYZ ☺!!

Bom, tudo bem! Aquele brilho podia vir de todas as luzes fortes para as câmeras da TV!

MAS AINDA ASSIM...!

Mallory mostrou onde deveríamos ficar, no fundo da sala. Apesar de termos que espiar por entre câmeras e equipamentos de iluminação, ficou bem claro que os Boyz NÃO eram adolescentes normais!

Eles estavam sentados na frente de um painel enorme com a capa do disco mais recente deles. Todos olhavam com atenção para Jade Santana, da Teen TV, como se ela fosse a única pessoa no mundo todo.

Bom, exceto por Victor, que estava usando óculos escuros. Então era difícil saber para onde ele estava olhando.

Mas parecia que era PARA DENTRO DA MINHA ALMA!! ÊÊÊÊÊÊÊ ☺!!

"AI, MEU DEUS! Eles são ainda mais LINDOS pessoalmente!", Chloe falou animada enquanto Zoey e eu suspirávamos, concordando.

Mallory olhou para nós com firmeza, para que a gente se acalmasse.

Mas a Chloe tinha razão! Ai, meu Deus! Esses meninos têm olhos perfeitos, cabelo perfeito, dentes perfeitos, pele perfeita, roupas perfeitas... TUDO perfeito!

"Então, me contem", disse Jade. "Vocês são quatro personalidades muito fortes. Como conseguem trabalhar tão bem em equipe?"

Todos eles riram, e eu JURO que até o riso deles estava em perfeita harmonia!!

"É assim, Jade", Joshua disse. "Quando pessoas passam muito tempo juntas, elas se tornam uma grande FAMÍLIA feliz!"

"E você sabe que família pode ser bem IRRITANTE!", Aidan sorriu e deu um tapinha no braço de Joshua, abraçando o colega de banda em seguida.

Aidan está SEMPRE brincando — toda superfã da Bad Boyz sabe disso!!

"Cada um de nós tem o seu ponto forte", Nicolas disse enquanto Zoey agarrava meu braço e tentava NÃO desmaiar. "Mas somos sortudos, porque a nossa capacidade individual se harmoniza tão bem quanto a nossa VOZ!"

A Zoey ADORA o Nick! Mesmo só falando, ele parecia ser caloroso e tranquilo como uma piscina de chocolate derretido! Ela queria mergulhar e nadar ali!

"E você, Vic?", Jade perguntou, olhando na direção da ponta da fila, para o Boy mais irado. "Como você se sente fazendo música com esses caras?"

Não esperávamos o que estava prestes a acontecer! Já tínhamos visto em um milhão de entrevistas antes daquela, mas nunca ao vivo.

Chloe, Zoey e eu nos agarramos e nos preparamos.

Victor se endireitou, abaixou os óculos e olhou bem para a câmera. "Jade, o que eu posso dizer? Sou um membro da Bad Boyz! Ser BAD É SO GOOD!"

Nessa hora, Chloe, Zoey e eu perdemos o CONTROLE! . . .

ÊÊÊÊÊÊ 😊!!

"Terminamos!", gritou um produtor com fone de ouvido.

Em seguida, as luzes diminuíram e a equipe de filmagem começou a guardar o equipamento.

Jade tirou o microfone preso a seu corpo e acenou para os Boyz. "Ótima entrevista! Tenho que pegar um voo. Vejo vocês no Prêmio Teen TV mês que vem!"

Em pouco tempo, não havia mais ninguém na sala, apenas os Bad Boyz e Mallory, que estava checando seu telefone no canto. E, claro, NÓS!!

"Devemos nos apresentar?", Zoey sussurrou.

Concordamos que era AGORA ou NUNCA! Caso contrário, com a segurança SUPERforte e a equipe enorme, nós provavelmente só os veríamos quando eles passassem em direção ao camarim. Nossa interação com eles nas quatro semanas seguintes provavelmente se restringiria a "oi" e "tchau".

Mas agora tínhamos TODOS os Boyz só PARA NÓS, sem saber por quanto tempo ☺!

Mallory estava muito ocupada no momento, discutindo a logística da turnê com alguém ao celular.

Nós poderíamos conhecer aqueles caras como eles eram, não como astros do pop.

Eles parecem ser SUPERbacanas mesmo!

Ei! Talvez eles nos convidassem para jantar ou para passar um tempo com eles!

Poderíamos nos tornar AMIGOS para SEMPRE!

"VAMOS LÁ!", eu disse, animada.

☺!

DOMINGO, 20 DE JULHO

Chloe, Zoey e eu nos abraçamos depressa para ter sorte!

Mas, antes de conseguirmos dar um passo na direção dos Boyz, Joshua ficou de pé e arregalou os olhos para Victor.

"Cara, eu juro, estou TÃO DE SACO CHEIO de você dizendo 'Ser bad é so good!'. Quase VOMITEI o sanduíche de creme de amendoim com geleia que comi no almoço!"

Victor abriu bem os braços.

"Ei! Não venha com o seu ÓDIO só porque você tem INVEJA do meu JEITO, seu sabichão!"

"Cara, como você consegue MENTIR desse jeito, Josh?", Aidan perguntou e continuou, fazendo uma voz melosa: "'Somos uma grande família FELIZ! Sou LINDO e PERFEITO, meu pum brilha no escuro!'"

"O que vocês queriam que eu dissesse? A VERDADE?!", Joshua rebateu. "O Aidan é tão IMATURO que precisamos contratar uma BABÁ para cuidar dele na turnê, para que ele não faça cocô nas calças e não venha com PIADAS SEM GRAÇA, como encher o vaso sanitário de PAPEL HIGIÊNICO nos quartos do hotel ou colocar pasta de dente dentro dos nossos sapatos!"

"A VERDADE é que o Nick é tão FOCADO em si mesmo que BEIJA o próprio reflexo no espelho. E ele RONCA tão alto que não DORMIMOS desde que a turnê começou!", Victor reclamou.

Nicolas riu sarcasticamente. "Sério?! Vocês querem a VERDADE? Bom, o FORTÃO DO VIC é obcecado por limpeza, morre de medo de germes e tem pavor de esquilos peludinhos!"

Chloe, Zoey e eu ficamos olhando para os garotos sem acreditar que eles estavam se ofendendo daquele jeito.

"Bom, aqui está a MINHA verdade!", Joshua resmungou. "Eu poderia estar em Harvard em vez de perdendo o meu tempo aqui com três CARAS QUE PENSAM que são músicos, mas que, juntos, têm um QI mais baixo que a temperatura do polo Norte."

"Bom, não tenho culpa se vocês têm o senso de humor de um bando de idosos de uma casa de repouso!", Aidan deu de ombros.

"Caras, vocês precisam parar de inventar MENTIRAS a meu respeito!", Nicolas exclamou.

Eu entendi por que ele ficou chateado com a história do espelho. Afinal, quem seria TÃO fútil assim?!

"Sim, eu RONCO!", Nicolas admitiu com o rosto corado. "Mas parem com isso! NÃO é tão alto!"

E o lance do ESPELHO?! Minhas melhores amigas e eu fizemos a mesma pergunta: É verdade?!

Victor cruzou os braços de modo defensivo. "NÃO tenho medo de ESQUILOS! Só tenho medo de que um deles chegue muito perto e acabe subindo pela minha perna e se enroscando no meu cabelo! Animais selvagens podem ser MUITO perigosos! E eles têm... GERMES!"

De repente eles começaram a gritar uns com os outros, como um bando de meninos mimados na hora do recreio! CREDO ☹!!

Felizmente, a porta se abriu e Trevor entrou. Eu tinha certeza de que ele ficaria chocado com aquele comportamento!

"Certo, rapazes, prestem atenção!", disse ele, ignorando o fato de eles parecerem prestes a trocar socos...

Por fim, Trevor suspirou, frustrado, e se posicionou entre os Boyz para conseguir separá-los...

PARECE QUE OS BAD BOYZ NÃO SE SUPORTAM!

"Vocês precisam decidir qual será o set list final para o restante da turnê. Precisamos nos preparar com os efeitos especiais", Trevor continuou.

"Vamos manter como tem sido nos últimos nove shows", Joshua disse. "Mas podemos tocar 'Não brinque comigo assim' para encerrar o show."

"Joshua, por que SEMPRE tem que ser uma música que VOCÊ escreveu?! O que acha de algo mais INTERESSANTE?!", Nicolas disse. "Por que não terminamos com 'Invada os meus sonhos'?"

"Porque não queremos terminar com VOCÊ cantando mais uma balada CHATA para deixar nossas fãs com sono!", Aidan disse. "Não tem energia. 'Até mais, hater!' obviamente é a música final!"

"Cara!", Victor exclamou. "Você só quer terminar com uma música DANÇANTE para que todo mundo possa ver seus tênis BRILHANTES enquanto você PULA no palco! De novo!"

Trevor suspirou. "Se as fãs vissem vocês agindo assim, a carreira de vocês estaria ARRUINADA! . . ."

Foi quando Mallory tossiu e meneou a cabeça na nossa direção. "Na verdade, Trevor, as meninas do show de abertura estão aqui."

Trevor olhou para nós e para os garotos que discutiam. "Certo!" Ele sorriu com nervosismo. "Acho que está na hora de apresentarmos todo mundo!"

E era isso!

Finalmente conheceríamos os BAD BOYZ!

Era um sonho de adolescência!

Mas, depois de tudo o que tínhamos acabado de ver, fiquei MUITO preocupada pensando que aquilo poderia se tornar um...

PESADELO!!

☹!!

SEGUNDA-FEIRA, 21 DE JULHO

FINALMENTE estávamos prestes a conhecer os Bad Boyz!! Eu me BELISQUEI só para ter certeza de que não estava SONHANDO... AI ☹!! SIM, eu estava ACORDADA ☺!!

Trevor fez um gesto para irmos até a frente da sala. "Rapazes, gostaria que conhecessem as componentes do novo show de abertura, a banda Na Verdade, Ainda Não Sei!"

Os Boyz se viraram e olharam para nós. Sua cara de hostilidade se transformou em surpresa e curiosidade. O humor deles mudou NA MESMA HORA! De repente, todos sorriram, alegres e relaxados.

"Trevor, você ainda não sabe sobre elas?! Cara, essas meninas são ÓTIMAS!", Aidan brincou. "Eu acho que elas vão ser DEMAIS abrindo o nosso show!"

"O Aidan é DOIDO! Ignorem esse cara!", Joshua disse, rindo. "Nós sabemos que esse é o NOME da banda. É legal e bem autêntico! Eu gosto! Como VOCÊ se chama?"

CONGELEI! Joshua estava olhando para MIM! E sorrindo!...

JOSHUA SORRINDO PARA MIM!! ÊÊÊÊÊÊ ☺!!

Zoey me cutucou, mas eu fiquei totalmente paralisada. Então ela sorriu e deu um passo à frente.

"Oi, eu sou a CHLOE!", ela exclamou. "NÃO! Quer dizer, eu sou a ZOEY! ELA é a Chloe. Aquela. Não esta. Esta é a NIKKI! Desculpa, estou um pouco confusa. Mas eu sei todos os passos de dança de 'Sou tão ruim que sou bom.'"

Zoey estava empolgada! Sorria demais e nem piscava. Ela estava parecendo uma PALHAÇA do mal.

"Certo, Zoey, vamos lá!", Aidan disse ao fazer um movimento repentino e uma pose bacana...

AIDAN, PEDINDO PARA A ZOEY DANÇAR! ÊÊÊÊÊÊ ☺!!

Ele pegou a mão dela e a girou até os dois ficarem frente a frente. "O primeiro passo de dança. Cinco, seis, sete, oito!"

Zoey e Aidan dançaram juntos como profissionais! Então Nicolas e Joshua começaram a cantar enquanto Vic fazia o beatbox! Foi SURREAL!

Todo mundo aplaudiu quando eles terminaram.

"Você dança bem, Zoey!", Aidan sorriu. "Queria que tivesse mais alguém interessado em dança no grupo. Ei, você sabe que vamos escolher um novo integrante, né?"

Zoey olhou para ele e corou.

"Esta é a CHLOE!", eu disse, empurrando minha amiga para a frente. "Ela é uma romântica inveterada e adora as baladas de vocês!" Chloe tropeçou em uma cadeira no meio do caminho e caiu nos braços de Nick.

NÃO estou brincando! Foi como uma daquelas cenas de um dos romances adolescentes preferidos da Chloe.

"SINTO MUITO!", ela disse, totalmente envergonhada.

"Não peça desculpas! Você acabou de me dar inspiração para uma nova música, 'Chloe entrou no meu coração!'", Nicolas disse, ao fazer um coração com as mãos...

NICOLAS PAQUERANDO A CHLOE! ÊÊÊÊÊÊ ☺!!

"Eu ADORARIA ter uma nova componente na banda que me ajudasse a escrever as músicas românticas!" Ele sorriu.

AI, MEU DEUS! A Chloe literalmente se tornou um EMOJI DE OLHOS DE CORAÇÃO!! Pensei que ela fosse cair de cara no chão.

"E VOCÊ?", Vic perguntou, virando-se para mim. "Não entendi o seu nome..."

VICTOR PERGUNTANDO MEU NOME?! ÊÊÊÊÊÊ ☺!!

Fiquei olhando para ele, sem voz. "Eu sou..." Congelei. DE NOVO! Qual era o meu PROBLEMA?! Ele perguntou o meu nome! Era uma pergunta simples! Eu SEI o meu próprio nome!

"Eu sou..." Todo mundo estava olhando para mim!

Tá, admito que eu NÃO lembrava o meu nome! Mas... AINDA ASSIM! Eu tinha que dizer ALGUMA COISA!!

"Eu sou... cantora e compositora!", soltei de uma vez.

"Seria legal termos outra vocalista!", Joshua assentiu, animado.

"E você também escreve! Precisamos muito de alguém para ajudar com as letras e os raps!", Vic acrescentou.

"Vocês são SUPERtalentosas! As três vão se inscrever para tentar ser o novo integrante da banda?!", Aidan perguntou.

Chloe, Zoey e eu ficamos nos entreolhando e demos de ombros.

"Na verdade, ainda não sabemos!", dissemos com nervosismo.

Nesse momento, os Boyz riram e bateram as mãos em um toca aqui!

Demorou um pouco para nos darmos conta de que tínhamos dito quase o NOME da nossa BANDA! Que ÓTIMO ☹!

Mas eles pensaram que tínhamos dito de propósito, para fazer gracinha.

"Sim! SABEMOS quem vocês são!", Joshua disse, rindo.

"Talvez nós é quem devêssemos tentar uma vaga na SUA banda!", Aidan disse, provocando.

"As meninas mandam no mundo, né?", Nicolas sorriu.

"As meninas são DEMAIS!", Victor exclamou.

"Ei, rapazes!", disse Trevor, olhando para o relógio. "Está quase na hora de vocês passarem o som para a apresentação de hoje à noite. Será a última noite em que as Divas da Dança abrirão o show."

Foi quando notei que os caras estavam cochichando.

"Vocês querem ficar nos bastidores do nosso show hoje à noite?", eles perguntaram, animados.

Chloe, Zoey e eu estávamos chocadas demais para conseguir responder...

OS BOYZ NOS CONVIDARAM PARA O SHOW DELES!

"Na verdade, é uma ótima ideia", Trevor concordou. "Vocês vão se sentir mais confiantes se estiverem familiarizadas com o show! Mallory, por favor, providencie transporte e acesso aos bastidores para as meninas e os colegas de banda delas para o show de hoje!"

O mais INCRÍVEL era que os Boyz pareceram GOSTAR da gente! Disseram que estavam felizes com a nossa presença na turnê e ansiosos para nos encontrar mais tarde.

Então eles saíram pela porta, conversando, rindo e fazendo piada, como melhores amigos.

Foi quando repentinamente eu lembrei meu nome! Saí a toda até o corredor e, quando a porta para a escada estava prestes a se fechar, gritei...

"E, A PROPÓSITO, MEU NOME É NIKKI!"

Nicolas parou e se virou.

Ele sorriu, olhou bem dentro dos meus olhos e disse palavras de um jeito ESPECIAL, que vou me lembrar pelo resto da VIDA!!...

ELE GOSTA DO MEU NOME! ÊÊÊÊÊÊ ^^^^^^ ☺!!

"Nikki, não conte para ninguém!", ele sussurrou. "O meu nome era como o seu até eu entrar para a banda. Mas as pessoas diziam que não era um nome FORTE o suficiente. Então, agora sou Nick ou Nicolas. Mas em casa todo mundo me chama de Nicky. Agora, mudando de assunto, gostei muito do seu colar."

"Obrigada, Nicolas... quer dizer, Nicky!", eu sorri. "Foi presente de aniversário. Fiz um SUPERluau no meu aniversário, mês passado, e convidei todos os meus amigos e familiares."

"Você tem fotos?", ele perguntou. "Se tiver, eu gostaria de ver!"

"Claro! Tenho um monte!" Peguei meu celular e procurei as fotos da festa.

"Nossa! Deve ter sido divertido! Quem me dera ter pessoas ASSIM no meu aniversário!", disse ele, suspirando.

"Por que você não tem? Os astros pop não fazem festas enormes com seus duzentos amigos famosos mais próximos em alguma casa noturna bacana com os paparazzi do lado de fora?", perguntei. "Sempre vejo fotos em todas as revistas!"

"É difícil comemorar aniversários estando sempre na estrada para os shows", disse Nick. "Na maior parte do tempo, estamos tão cansados que só lembramos que é nosso aniversário quando o Trevor chega com um muffin murcho de café da manhã com uma vela em cima! Então ele canta 'Parabéns pra você' bem desafinado. Olha só essas fotos. Eu daria qualquer coisa para passar o meu próximo aniversário com a minha família e os meus amigos, pessoas que realmente se importam!"

"Então por que você não estabelece esse objetivo para o seu PRÓXIMO aniversário? Faça isso por você!"

"O QUÊ?! O meu PRÓXIMO aniversário?!", ele perguntou, um pouco agitado. "Eu nunca tinha pensado em fazer algo assim! MUITO LEGAL!"

"Bom, você vai ter que se organizar para isso! E, claro, teria que conversar com o Trevor e dar um jeito na agenda de shows. Mas você deveria fazer isso, sim, se é importante para você e se vai te deixar feliz!"

"Eu vou seguir o seu conselho, com certeza!", Nicolas sorriu. "Bom, a gente se vê à noite, Nikki!"

"Combinado. Até mais tarde, Nicky!", eu disse, rindo.

Então voltei para dentro da sala de reuniões com um sorriso bobo.

"Certo, meninas. Vamos nos encontrar no saguão daqui a duas horas", disse Trevor enquanto ele e Mallory caminhavam em direção à porta. "Vocês sabem voltar para os quartos, certo?!"

Mas ele se foi antes que pudéssemos responder.

"AI, MEU DEUS! Dá pra acreditar que acabamos de conhecer os Bad Boyz e que eles nos convidaram para ir aos BASTIDORES?!", Zoey perguntou, extasiada, ao se sentar em uma cadeira.

"Dá pra acreditar em como eles foram INCRÍVEIS?!", suspirei enquanto ainda tentava acalmar meu coração.

"Dá pra acreditar que eles pediram para NÓS TRÊS fazermos o TESTE para ser membro da banda?!", Chloe deu um gritinho enquanto se abanava com as duas mãos.

A experiência toda tinha sido...
INACREDITÁVEL!

Quando finalmente nos acalmamos, Zoey levou a mão ao queixo, pensativa. "Mas, falando sério, o que estava rolando entre os Boyz antes do Trevor nos apresentar?!"

"Pois é, aquilo NÃO foi legal", Chloe concordou. "Vocês acham que eles brigam daquele jeito o tempo todo?"

"Acho que não", eu disse, dando a eles o benefício da dúvida. "Eles NUNCA conseguiriam lançar tantos sucessos e fazer uma turnê juntos assim. Sinceramente, acho que eles já teriam desfeito a banda!"

"É", Zoey concordou. "Irmãos também nem sempre se dão bem, e é perfeitamente normal. Aqueles COITADOS devem estar exaustos e estressados por ficarem meses em turnê."

"Faz sentido!", Chloe disse. "Além disso, TODO MUNDO tem um dia ruim vez ou outra."

Enquanto pegávamos o elevador para os quartos, fiquei me perguntando como a fama e o sucesso impactariam a NOSSA amizade.

Eu DETESTARIA brigar daquele jeito com a Chloe e a Zoey! Mas imediatamente afastei esses pensamentos. Eu tinha problemas REAIS com os quais me preocupar.

Eu estava PRESA à MacKenzie como minha COLEGA DE QUARTO pelo resto da turnê ☹!

E me arrependia totalmente de ter feito aquele ACORDO idiota com ela ☹!

Mas não havia tempo para me estressar com nada daquilo.

Em menos de DUAS horas, minhas melhores amigas e eu estaríamos nos bastidores de um show, com uma das boy bands MAIS FAMOSAS do mundo!

^ ^ ^ ^ ^ ^
EEEEEE ☺!!

TERÇA-FEIRA, 22 DE JULHO

AI, MEU DEUS! Eu sonhei com esse momento durante meses! E agora FINALMENTE estava acontecendo.

Era noite de sexta e eu veria a Bad Boyz tocando AO VIVO pela primeira vez!

"A energia vai ser INCRÍVEL! Mas acalmem-se!", Trevor nos alertou na limusine. (SIM! Na LIMUSINE!!!)

Eu não sabia o que ele estava dizendo até nos levar por um corredor comprido e cheio de curvas por baixo do palco e subir um lance de escada.

E ali estávamos nós! NOS BASTIDORES!

Chloe, Zoey e eu estávamos vendo o show do lado esquerdo, enquanto Brandon, Marcus, Theo e Violet estavam assistindo do outro lado do palco.

As Divas da Dança estavam na metade da sua última apresentação antes de partirem em turnê solo pela Europa.

No palco, tudo estava sob controle enquanto elas dançavam e cantavam seu maior hit, "Te superei".

Mas nos bastidores tudo parecia um CAOS TOTAL!

Um milhão de pessoas corriam de um lado para o outro, puxando cordas, movimentando equipamentos, organizando coisas e pressionando botões. Equipes de seguranças fortões estavam posicionadas em todas as entradas para o palco.

Trevor nos apresentou a Sophia, a gerente de palco. Ela estava vestida toda de preto, de pé em uma espécie de pódio, gritando ordens em um microfone acoplado ao fone de ouvido.

A plateia berrava enquanto as Divas da Dança terminavam a última música e agradeciam.

Zoey já tinha estado em bastidores de megaproduções com o pai dela, então, diferentemente de mim, ela não se impressionou tanto.

Mas de repente ela gritou e agarrou meu braço.

Os Bad Boyz haviam chegado!! ÊÊÊÊÊÊ ☺!!

O show estava prestes a começar! Eles abriram um sorrisão quando nos viram e nos cumprimentaram enquanto passavam depressa...

CUMPRIMENTAMOS OS BAD BOYZ
ENQUANTO ELES IAM PARA O PALCO!

Eu achei a plateia muito barulhenta antes. Mas agora estava preocupada, imaginando que o estádio todo iria desmoronar, porque havia trinta mil fãs completamente ENLOUQUECIDOS!!

Estavam todos de pé, gritando e balançando cartazes declarando seu amor enquanto os Boyz iniciavam seu maior sucesso: "Ruim, muito ruim, ruim demais".

Eu estava com receio de não ter uma vista muito boa do palco. Mas estava ERRADA!!

Estávamos MUITO PERTO! Conseguíamos ver TODOS OS PASSOS e a sincronia perfeita com que os meninos dançavam!

Quando a música acabou, os gritos ficaram ainda mais altos!!

"Ei, Chicago!", Joshua gritou. "Como estão vocês?!"

Na primeira fila, três meninas desmaiaram.

"Código FED. Três desmaios!", a gerente de palco gritou. "Repito, código FED! Três desmaios!"

Zoey me explicou que "código FED" significa "Fã Enlouquecida Desmaiada"!

Vários guardas saíram correndo enquanto enfermeiros empurravam macas.

"Estou MUITO feliz por estar nesta linda cidade, olhando para o rosto lindo de vocês!", Joshua continuou, falando mais alto do que os gritos. "E, além disso, estou aqui com meus irmãos!"

Foi quando os meninos posaram como na capa do disco mais novo deles, com Vic abaixado na frente e os outros se abraçando atrás.

Não foi um pandemônio. Foi um **FÃ-DEMÔNIO!!!**

Em seguida, eles começaram uma sequência de seus maiores sucessos, um atrás do outro. Primeiro "Eu daria qualquer coisa (para você despedaçar meu coração)".

Em seguida, "Não brinque comigo assim" e "Você para mim".

Todas as músicas ficaram ainda mais incríveis AO VIVO!

Então as luzes ficaram azuis e melancólicas, e as máquinas começaram a soltar vapor no palco quando Nicolas deu um passo à frente.

"Ei, menina! Eu te AMO! Quero cantar algumas músicas só pra VOCÊ hoje! Pode ser?", ele disse, enquanto os gritos ensurdecedores quase estouravam meus tímpanos...

AS MENINAS ENLOUQUECEM COM O NICK!

"Código FED! Nove desmaios! Repito, código FED! Nove desmaios!", a gerente de palco gritou ao microfone.

AI, MEU DEUS!

As meninas apaixonadas pelo Nick estavam caindo

DE AMOR!

Depois que Nicolas cantou três baladas, Vic tomou o lugar principal no palco e seguiu com os raps da banda.

Então eles voltaram aos hits mais famosos, com Joshua no vocal e Aidan encantando a multidão com seus passos de dança.

E NÓS estávamos bem no meio de tudo isso ☺!!

O show durou noventa minutos, o que é MUITO tempo para ficar cantando e dançando sem parar!

"Que INCRÍVEL!", Chloe exclamou. "Vocês acreditam que NÓS estaremos nesse palco amanhã à noite?"

NÃO! Eu NÃO conseguia acreditar!

O restante do set foi uma confusão de fãs enlouquecidas gritando (incluindo eu e minhas melhores amigas!) e um tornado de atividades nos bastidores.

O show foi
MARAVILHOSO
DEMAIS, desde a primeira música até o fim!

A música final era a minha favorita: "Até mais, hater!"

Tinha a mesma vibe da nossa música "Os tontos comandam".

Quando o show terminou, apresentei Violet, Brandon, Theo e Marcus aos Bad Boyz.

Todo mundo foi SUPERsimpático e se deu muito bem. Os garotos riram e fizeram piadas, como se já fossem amigos há anos.

Trevor nos disse que a limusine havia chegado para nos levar de volta ao hotel, por isso fomos embora juntos.

A caminho da saída, Victor e eu paramos para beber um pouco de água em um bebedouro enquanto os outros seguiram em frente.

Quando terminamos, ele pegou um frasco de álcool gel com essência de limão do bolso e esfregou nas mãos.

Então tirou o inalador do outro bolso e deu duas baforadas.

"Esses palcos e equipamentos são muito empoeirados, e infelizmente eu sou alérgico", disse ele. "Mas tento não chamar atenção para os caras não me zoarem. Você sabe, como fizeram com o lance do ESQUILO!", ele riu.

Victor era o mais alto e mais musculoso e, por ser um rapper, tinha aquele jeito típico de "bad boy".

Mas, quando não estava fazendo piada na frente da câmera com os meninos da banda, parecia um pouco tímido.

De repente fez sentido para mim por que ele sempre usava aqueles óculos escuros... para esconder seu lado sensível!

"Não se preocupe com isso! Todo mundo tem medo de ALGUMA COISA! Particularmente, eu tenho medo de aranhas e de meninas más carregadas de gloss!", eu disse, brincando. "Você tem visto esquilos ultimamente?"

"Não, quase nenhum. Mas quando eu era pequeno vi um filme de terror chamado *Esquilos no avião!*", ele disse.

"Vic, você sabe que a MAIORIA das pessoas que viram *Esquilos no avião* tem medo de esquilos, certo?"

Foi quando nós dois sorrimos, depois rimos, e depois gargalhamos até a barriga doer.

"Eu soube que esquilos não são assim tão perigosos, a menos que estejam em grupo! Num avião! Você devia tentar alimentar UM deles em um parque. E depois, quem sabe, aumentar o contato", falei, sorrindo. "Mas cuidado com coelhinhos peludos, eles acumulam muito pó!"

Victor assentiu e abriu um sorrisão...

VICTOR TEM UM SORRISO INCRÍVEL ☺!

"Adoro o seu senso de humor IRÔNICO, Nikki! Vou seguir seu conselho, com certeza!", ele riu quando nos unimos aos outros. Depois de ver a Bad Boyz no palco e de falar com Victor, tive CERTEZA de que o comportamento esquisito que tínhamos visto antes não era algo real!

Era bem óbvio que aqueles caras sinceramente SE IMPORTAVAM uns com os outros e eram AMIGOS DE VERDADE!

!

QUARTA-FEIRA, 23 DE JULHO

Meus amigos de banda e eu voltamos para o hotel, pedimos uma pizza para comer no fim da noite e ficamos FALANDO SEM PARAR sobre o show por uma HORA!

Estava MUITO TARDE quando finalmente fomos dormir.

E já estávamos EXAUSTOS por causa do voo para Chicago, da nossa sessão de cabelo, figurino, checagem de som E por causa do show.

O alarme do meu celular tocou às 5h30 na manhã de sábado! Mas parecia que eu não tinha dormido nada.

Bocejei e abri um e-mail do Trevor intitulado "Programação de hoje", que tinha chegado uma hora antes, às 4h30.

NOSSA! Tínhamos um dia ELETRIZANTE pela frente, ainda MAIS maluco que a sexta-feira! Todo minuto estava programado sem folga até as 22h!

Reunião no café da manhã, última prova de figurino, cabelo e maquiagem, sessão de fotos de duas horas com um fotógrafo profissional, almoço, ensaio de dança, ensaio da banda, passagem de som no estádio, jantar, então figurino, cabelo e maquiagem DE NOVO e por fim... NOSSO SHOW ☺!

UFA!! Só de ler isso tive vontade de me enfiar debaixo das cobertas e voltar a dormir.

Mas, como tínhamos uma reunião de café da manhã com Trevor às 6h15, eu me arrastei para fora da cama.

MacKenzie ainda estava dormindo, com um pijama de cetim cor-de-rosa e máscara de dormir combinando, na cama do outro lado do quarto.

Apesar de ter conseguido dois assentos na primeira fila por ser estagiária de mídias sociais, ela teve um baita CHILIQUE no show de sexta à noite quando descobriu que não tinha acesso aos bastidores nem poderia CONHECER os Bad Boyz!!

AI, MEU DEUS! Eu senti TANTA pena da MacKenzie ☹!

SÓ QUE NÃO! Não senti pena COISA NENHUMA ☺! Nadinha!

Ela começou a discutir com os seguranças parados na entrada do palco e quase foi arrastada para fora dali!...

MACKENZIE, DANDO UM CHILIQUE!

Aqueles caras eram casca grossa! Não se importaram com as LOROTAS dela e impediram sua entrada nos bastidores!

Depois de me vestir, decidi dar uma espiada na programação da MacKenzie, já que o papel estava em cima da mesa.

Ela pretendia acordar às 9h30, tomar um brunch com Victoria às 10h30, fazer mão e pé às 11h30, fazer COMPRAS das 13h às 17h, jantar e depois ir ao show!

Então QUANDO ela pretendia fazer seu TRABALHO de estagiária de mídias sociais e promover a nossa banda? Durante os intervalos para ir ao BANHEIRO?!

Meus colegas de banda queriam dormir até tarde, por isso concordamos em nos encontrar na frente do restaurante do hotel antes da reunião.

Saí do elevador e dei uma olhada no saguão.

Foi quando notei um adolescente sentado perto dali, lendo a revista *Vida de Skatista*...

ERA AIDAN!

Dois de seus seguranças estavam do outro lado do saguão, tomando café.

"Oi, Nikki! E aí?", Aidan sorriu.

"São 6h! Não é um pouco cedo para estar lendo uma revista de skate?", provoquei.

"Temos uma entrevista no programa de televisão *Manhã em Chicago*, e os caras estão ATRASADOS, como sempre. Juro que às vezes parece que estou em turnê com três PREGUIÇOSOS sem cérebro e totalmente exaustos!... Eu daria qualquer coisa para poder sair e andar de skate de novo! Acho que sinto muita saudade da minha vida de antes e de ter tempo para fazer o que eu amo!", Aidan disse, como se sonhasse.

Senti pena dele. "Bom, você pode pegar os limões e fazer uma limonada enquanto está em turnê!"

"Na verdade, prefiro energéticos ou água quando estou no palco", disse ele, virando a página.

"Não, Aidan! Estou dizendo que você viaja por todo o mundo, não é? Por que não visita a MELHOR pista de skate em TODAS as cidades durante as turnês? Ainda que seja por poucas horas. Seria um bom exercício e ajudaria a queimar essa energia negativa!"

Aidan piscou e então olhou para mim. "Nunca pensei nisso! As melhores pistas de skate do mundo?! Cara, isso seria um SONHO para qualquer skatista!!"

Um dos seguranças interrompeu e disse que a limusine tinha chegado e que os garotos estavam no elevador, prontos para sair.

"Obrigado pelo ótimo conselho, Nikki!", Aidan disse. Então sussurrou: "Preciso chegar ao carro primeiro para espalhar creme de amendoim nos assentos! Vai parecer que os caras fizeram cocô na calça em plena rede nacional de TV. Será a minha melhor pegadinha!"

Em seguida, ele abriu a bolsa, enfiou a revista de skate ao lado de um pote de creme de amendoim e deixou o saguão com o segurança. Aidan era um CRIADOR DE PEGADINHAS inveterado! De repente eu senti um pouco de dó dos garotos da banda.

Depois do café da manhã com Trevor, ficamos tão OCUPADOS que nossa cabeça GIRAVA! A Bad Boyz faria um segundo show em Chicago naquela noite. E NÓS seríamos a ATRAÇÃO DE ABERTURA!!

234

Todos estavam estranhamente quietos dentro da limusine que nos levaria ao estádio para o show. Estávamos prestes a nos apresentar diante de uma plateia animada de trinta mil pessoas ☺! E estávamos MORRENDO DE MEDO ☹!...

NÓS, TOTALMENTE ESTRESSADOS!

Então, Violet disse: "Ei, não sei por que estamos tão nervosos. Sei lá, os trinta mil fãs estão ali para nos ver e nem se importam com a Bad Boyz, certo?" Todos rimos e nos sentimos muito melhor.

Às 20h em ponto, meus amigos de banda e eu nos abraçamos nos bastidores e nos posicionamos no palco pouco iluminado.

Eu ouvia meu coração bater com força nos ouvidos enquanto a voz estrondosa do MC ecoava pela arena. "Estão prontos para um GRANDE show hoje?! Os componentes dessa nova banda de arrasar são melhores amigos NO PALCO e FORA DELE! CHICAGO, por favor, receba... NA VERDADE, AINDA NÃO SEI!!"

Sob as luzes ofuscantes do palco, nossos medos rapidamente desapareceram enquanto abríamos com nossa primeira música, "We Will Rock You", do Queen!

Chloe, Zoey e eu corremos para a beirada do palco e fizemos uma coreografia bacana de hip-hop. Pisa-pisa- -bate palma! Pisa-pisa-bate palma! Pisa-pisa-bate palma! Violet, Theo e Marcus acompanharam com seus instrumentos enquanto Brandon tocava bateria com muita empolgação.

"Vamos, Chicago!", gritei. "Fiquem de pé!"...

"E ARRASEEEEM!!", Chloe e Zoey gritaram.

Em pouco tempo, trinta mil pessoas estavam de pé, pisando e batendo palmas no ritmo enquanto avançávamos com a letra, e a banda tocava a melodia.

AI, MEU DEUS! A plateia estava MAIS BARULHENTA e mais ANIMADA que a da noite anterior!

Diminuímos o ritmo e baixamos as luzes na segunda canção. Era um clássico, uma grande favorita, "Don't Stop Believin'", do Journey. Todo mundo amava essa música e bateu palmas.

"Nossa última música hoje é de nossa autoria", expliquei. "É um lembrete para que a gente aguente firme mesmo quando sentimos que não nos encaixamos!"

A plateia gritou animada e ficou de pé enquanto cantávamos nossa canção original: "Os tontos comandam!" E, quando repetimos o refrão, trinta mil vozes cantaram com entusiasmo e o estádio se iluminou com trinta mil luzinhas de celular.

Foi uma experiência INCRÍVEL!!. . .

Chloe, Zoey e eu cantamos e dançamos SEM PARAR, enquanto Violet, Theo, Marcus e Brandon tocavam como músicos experientes e profissionais com o DOBRO da idade deles. Quando terminamos "Os tontos comandam!", o estádio todo estava gritando alucinadamente.

"Obrigada! AMAMOS vocês, Chicago!", Chloe, Zoey e eu dissemos enquanto sorríamos e acenávamos. Em seguida, nós sete nos posicionamos para agradecer juntos!

Enquanto saíamos do palco, fiquei com vontade de chorar por causa da energia e da empolgação. Foi EXTREMAMENTE EMOCIONANTE!

A caminho do palco, os Bad Boyz pararam e nos cumprimentaram. "Vocês ARREBENTARAM!!", eles disseram.

E tinham razão! ARREBENTAMOS!

Naquele momento, eu estava MUITO feliz e orgulhosa por ser um membro da banda Na Verdade, Ainda Não Sei. Mas me senti ainda mais feliz e orgulhosa por tê-los como AMIGOS! ☺!!

QUINTA-FEIRA, 24 DE JULHO

Depois do nosso show em Chicago, MINHA banda passou a figurar nas REDES SOCIAIS em todo o país!!
^^^^^^
EEEEEE ☺!!

Tá, eu explico. Estávamos nas redes sociais COM a Bad Boyz como uma atração bacana de abertura!

Eles estão SEMPRE nas redes, principalmente durante uma turnê.

Mas... AINDA ASSIM! Fiquei chocada quando a MacKenzie roubou os créditos por isso!

E a Victoria acreditou nela. "MacKenzie, obrigada por ter trabalhado por muitas e muitas horas para criar uma campanha nacional interessante e bem-sucedida! Essa banda tem muita sorte por ter uma melhor amiga como você, incansável no apoio que oferece!"

POIS É ☹! Por ser colega de quarto da MacKenzie, eu sei de TUDO o que ela tem feito nessa turnê: compras, tratamento no spa, selfies, manicure e pedicure, passando tempo na piscina, conversando com as amigas ao telefone e tentando SE ENFIAR nos bastidores para ver a Bad Boyz nos shows!

COMO eu sabia de todas essas coisas? Porque eu ESPIAVA e lia a PROGRAMAÇÃO dela todos os dias!!

A MacKenzie não tinha passado NEM UM SEGUNDO sequer promovendo a nossa banda nas mídias sociais! Ela estava apenas promovendo A SI MESMA! Eu ouvi quando ela se gabou para a Tiffany dizendo que agora tinha mais de cento e cinquenta mil seguidores nas redes sociais, desde que havia anunciado estar em turnê com a Bad Boyz!

A MacKenzie também é SUPERbagunceira e A PIOR COLEGA DE QUARTO DO MUNDO ☹! Espero conseguir terminar essa turnê!

Bom, no domingo de manhã, deixamos Chicago e voamos para Miami para um show naquela noite.

Depois, na segunda, tivemos um show em Washington, na terça estávamos em Atlanta, e na quarta, em Houston.

Na quinta, eu já não fazia a menor ideia da CIDADE em que estávamos! NÃO estou mentindo!

Eu estava tão EXAUSTA mental e fisicamente que mal conseguia manter os olhos abertos, e meu frappuccino com café extra do Starbucks NÃO estava ajudando.

Onde eu estava? Eu via palmeiras, montanhas, uma praia e, humm... um CARA BEM BONITINHO acenando para mim?!

ESPERE! ERA O JOSHUA!

"Oi, Nikki! Você pode conversar agora?", Joshua perguntou.

"Claro, e aí?", sorri.

"Bom, eu só queria te falar que a sua música, 'Os tontos comandam!', é DEMAIS! Eu me identifico muito com ela! Principalmente na parte sobre NÃO se encaixar. Durante a maior parte da minha vida, eu me esforcei tanto. Mas às vezes parece que... NÃO TEM JEITO!", ele suspirou.

"Obrigada, Josh! Eu me inspirei na experiência que tive na minha escola. Então entendo totalmente como você se sente. Quer dizer, mais ou menos. Eu NÃO sou SUPERinteligente como você! Bom, a MAIORIA das pessoas não é SUPERinteligente como você."

"Então, o que eu devo fazer? Se eu for chamado de Sabichão mais uma vez só porque quero ficar na biblioteca...!!", ele murmurou.

"Tonto, nerd, geek, CDF, você só vê isso em mim...", comecei.

De repente, Joshua sorriu. "Mas vê se cai fora e me deixa ser ASSIM!", ele completou. "Tá, entendi! NÃO tem a ver com tentar fazer as outras pessoas gostarem de mim. Eu só preciso estar CONFORTÁVEL com quem sou e ser quem eu SOU!"

"UAU! Você é mesmo um GÊNIO! SEU SABICHÃO!", provoquei.

Nós dois rimos da piada boba. Joshua olhou para o relógio. "É melhor eu voltar antes que os seguranças percebam a minha ausência! Os caras e eu temos outra entrevista para a TV daqui a uma hora. O circo NUNCA acaba! Fico te devendo essa, Nikki. Se eu puder te ajudar em alguma coisa, é só falar."

"Na verdade, TEM uma coisa que você pode fazer", falei. "Mas me sinto um pouco envergonhada de perguntar!"

"Claro! O que é? E, sério, você não tem que se sentir envergonhada de nada", Joshua me garantiu.

"Humm... Você sabe em que CIDADE estamos?!"

"Nikki, estamos em LOS ANGELES! Quando você está em turnê e não sabe em qual cidade está, significa que precisa MUITO DORMIR!", ele riu. "Até mais tarde!"

Certo, ISSO fez com que eu me sentisse MUITO melhor.

LEGAL! Sempre quis conhecer Los Angeles!

Eu estava prestes a ir para o quarto do hotel para tentar descansar um pouco antes do nosso show da noite quando recebi uma mensagem de texto inesperada...

ERA DO BRANDON!!

A programação da turnê tem sido TÃO louca que mal tivemos tempo para conversar, muito menos para passar um tempo juntos. Talvez devêssemos caminhar pela praia bonita em frente ao hotel.

A mensagem de texto dele era...

> Acabei de receber notícias PÉSSIMAS de casa! Não sei o que fazer! Onde você está? Precisamos conversar!

Dava para perceber que o Brandon estava BEM chateado!

Eu enviei uma mensagem em resposta...

> Estou no Starbucks do saguão. Espero você aqui!

Suspirei ao ser tomada por uma onda de MEDO, e minha cabeça começou a latejar.

Talvez essa coisa toda de turnê tenha sido um grande ERRO!

☹!

SEXTA-FEIRA, 25 DE JULHO

Eu suspeitava levemente de que a minha reunião de emergência com o Brandon tinha algo a ver com o ACORDOZINHO que eu havia feito com a MacKenzie...

NIKKI, ESSE E-MAIL DIZ QUE NOSSO ALUGUEL NÃO FOI RENOVADO! TALVEZ TENHAMOS QUE FECHAR A AMIGOS PELUDOS!!

E eu estava TOTALMENTE certa! AI, MEU DEUS! Brandon estava DESESPERADO!!

"O proprietário vendeu o prédio alguns dias atrás, e o novo dono está se recusando a dar continuidade ao nosso contrato! Ele quer que a gente desocupe o prédio e disse que, por lei, temos que nos mudar em sessenta dias!"

"AI, MEU DEUS! Brandon, isso é PÉSSIMO!!", exclamei. "Sinto muito por você e sua família estarem passando por isso!"

O que eu poderia dizer? "Nossa, Brandon! NÃO estou nem um pouco surpresa! Nunca pensei que a COBRA de apliques loiros, a MacKenzie, cumpriria a promessa e honraria seu lado no acordo para fazer com que o pai dela deixasse a Amigos Peludos em paz se eu a ajudasse a subir no palco com a Bad Boyz!"

"O que vamos fazer, Nikki?! Os meus avós estão muito chateados, prontos para desistir e fechar a Amigos Peludos. PARA SEMPRE! Disseram que vão tentar arrumar um emprego! Mas e os animais?! Eu preciso ir para casa! AGORA!"

Brandon parecia totalmente PERTURBADO! O rosto dele estava vermelho, a voz estava tensa, e os olhos, vidrados. E era TUDO CULPA da MacKenzie ☹!

"Calma, Brandon! Procure não se preocupar agora, está bem? Temos sessenta dias para resolver isso, e muita coisa pode acontecer nesse tempo. E, se houver a chance de seus avôs acabarem desempregados, o dinheiro que você está recebendo na turnê será uma bela ajuda! Vou fazer o que for possível para ajudar, eu prometo!"

Comprei uma garrafa de água gelada para o Brandon, que tomou tudo de uma vez em menos de um minuto, depois suspirou profundamente e me deu um sorriso triste. Em seguida, ele se desculpou por ter perdido o controle e concordou que precisava finalizar a turnê para ajudar com as finanças de sua família.

Quando Brandon foi para o ensaio de bateria, estava se sentindo melhor e esperançoso de que as coisas vão dar certo ☺! Mas eu estava me sentindo PIOR ☹! Estava IRADA comigo mesma e ainda mais IRADA com a MacKenzie! Eu NÃO iria permitir que ela destruísse a vida das pessoas sem pagar por isso.

Ela deu início a essa guerra, mas eu a encerraria! Fui até nosso quarto para confrontá-la. Mas, quando abri a porta, fiquei CHOCADA!...

NOSSO QUARTO ESTAVA UMA BAGUNÇA, E A MACKENZIE ESTAVA OCUPADA, FALANDO SEM PARAR NO TELEFONE!!

"AI, MEU DEUS, Tiffany! Tenho quase duzentos mil seguidores nas redes sociais agora! Você acredita?! Sou muito popular! E ADORO o meu emprego novo! Basicamente só durmo e faço o que quero o dia todo.

"Se já conheci os Bad Boyz? Bom, ainda não. Eles estão IMPLORANDO para que eu os encontre, mas tenho andado SUPERocupada, sabe? Fazendo compras e coisas assim. A bagagem com mais roupas chegou hoje. Então estou pronta para conseguir a vaga de nova componente da banda!

"Como está a turnê? Interessante e muito GLAMOROSA! O único problema é minha colega de quarto, a Nikki! AI, MEU DEUS! Ela é uma porca NOJENTA! Este lugar está parecendo um CHIQUEIRO, e ela se recusa a organizar as próprias coisas. Por falar em PORCOS, alguém acabou de entrar. Então, te ligo depois, Tiffany! Beijos!"

"Olha só, MacKenzie!", eu disse, furiosa. "Você precisa limpar este lugar. Nosso banheiro está um NOJO! Você tem comido pudim de chocolate dentro da banheira, ou é só a marca da SUA sujeira na água do banho?!"

"Nikki, por que você não rasteja de volta pra debaixo de uma pedra?!", MacKenzie resmungou.

"A única coisa que vai rastejar aqui serão as BARATAS que vão fazer piquenique com todos esses restos de comida espalhados no quarto!", reclamei.

"Bom, acho que eu deveria ligar para o SEU PAI vir DEDETIZAR isso aqui!", MacKenzie disse, rindo.

AH, ELA NÃO FEZ ISSO! "Na verdade, é uma boa ideia!", respondi. "Ele faz CONTROLE DE PRAGAS, e você é a maior PRAGA que existe! Ele pode te despejar inteira no LIXÃO da cidade! Problema resolvido!"

"Desculpa, Nikki, mas você pode me deixar em paz? Seu ROSTO está me dando cólicas intestinais, logo, logo vai virar uma baita DIARREIA!"

"NÃO! Não vou a lugar nenhum enquanto você não me contar por que o SEU pai comprou a Amigos Peludos e não quis renovar o contrato! Você disse que ele não faria isso se eu te ajudasse a participar do teste da Bad Boyz, e eu concordei. Então você esqueceu o nosso ACORDO ou só estava MENTINDO?"

"Você tem RAZÃO! Fizemos um acordo. Mas eu mudei de ideia." MacKenzie deu de ombros.

"Espera aí! Você NÃO QUER mais participar do teste para a Bad Boyz?", perguntei, surpresa.

"Claro que QUERO! Mas agora eu quero MAIS desse acordo. E VOCÊ vai me ajudar a conseguir! Caso contrário, todos os vira-latas da Amigos Peludos vão para o olho da rua, com o Brandon e a família dele!"

"O que mais você quer?", perguntei, incrédula.

"Bom, para começar, três coisas! Primeiro, preciso de acesso aos bastidores para poder ficar com os Bad Boyz! Segundo, você precisa me apresentar a eles como sua melhor amiga, gentil, simpática e LINDA! Terceiro, você precisa começar a promover a sua banda nas redes sociais, antes que aquela bruxa, a Victoria, perceba que eu estou curtindo férias durante toda a turnê e me DEMITA!"

"Você NÃO PODE estar falando sério!", exclamei, chocada.

"Mais uma coisa! Você precisa limpar este QUARTO NOJENTO! Começando pela banheira imunda! Quero tomar um banho de espuma de morango e manga, e aquela banheira precisa estar impecável! Se você NÃO fizer TUDO o que eu estou mandando, a Amigos Peludos se tornará um ESTACIONAMENTO! Entendeu?!"

QUE ÓTIMO ☹! A MacKenzie é uma NOJENTA, e só de pensar em limpar a sujeira dela eu sinto vontade de VOMITAR...

EU, ME SENTINDO ENOJADA!

Fiquei OLHANDO dentro dos olhos frios e maldosos dela!

"MacKenzie, tenho apenas três palavras para você: BUSQUE AJUDA RÁPIDO! Porque, garota, VOCÊ ENLOUQUECEU!"

"Na verdade, eu tentei! Mas a recepcionista disse que a CAMAREIRA só volta para LIMPAR de novo amanhã. Então, agora, esse é o seu NOVO trabalho, Nikki!"

AI, MEU DEUS! A MacKenzie estava dizendo tanta BOBAGEM que eu não sabia se devia oferecer papel higiênico para ela limpar a boca!

Em menos de uma hora, minha vida se transformou em um DESASTRE completo. E eu só estava tentando ajudar a Amigos Peludos e o Brandon.

Mas, de alguma maneira, criei sem querer um... MONSTRO malvado, egoísta e viciado em gloss e na Bad Boyz!!

☹!!

SÁBADO, 26 DE JULHO

Ontem de manhã deixamos Los Angeles e fomos para Las Vegas para um show. E, hoje cedo, partimos para Phoenix.

Nos últimos dois dias, tenho fugido da MacKenzie como O DIABO FOGE DA CRUZ! Mas ela me encurralou depois do almoço hoje. "Nikki, eu quero MUITO um passe para os bastidores no show de hoje. Caso contrário, as coisas podem ficar bem FEIAS!"

Eu só revirei os olhos para aquela garota e respondi: "Olha, MacKenzie, as coisas JÁ estão bem FEIAS! Por exemplo, esse seu BRONZEADO FALSO! Você tem se olhado no espelho? Parece que você mergulhou numa piscina de farelo de Cheetos! Três vezes!"

Mas eu só disse isso dentro da minha cabeça, então só eu mesma escutei.

O que eu disse DE VERDADE foi: "Sinto muito pelo atraso, MacKenzie, estou tentando MUITO conseguir um passe para você ir aos bastidores. Mas tem que ser autorizado pela... vice-presidente da gravadora.

E, infelizmente, ela está... de férias no momento, no... Círculo Ártico, e o sinal do celular dela está bem ruim por causa dos... ICEBERGS e URSOS POLARES. Então, está demorando um pouco mais do que eu tinha previsto. Sinto muito."

Ela acreditou nessa história ridícula. Mas não sei por quanto tempo essa tática vai funcionar.

Consegui evitar lavar o banheiro para ela, permanecendo no quarto das minhas amigas a maior parte do tempo.

Fiquei surpresa quando recebemos um e-mail da nossa diretora de mídias sociais/gerente de relações influentes/conselheira e melhor amiga hoje a respeito de uma reunião muito importante que ela marcou para as 16h.

MacKenzie queria que NÓS a ajudássemos com a campanha das redes sociais por algumas horas todos os dias!

Mas isso não fazia sentido, porque esse trabalho era DELA, não NOSSO.

Infelizmente, não pudemos ir à reunião porque tínhamos uma passagem de som pré-show às 15h30, por isso perguntei se ela reagendaria.

AI, MEU DEUS! A MacKenzie ficou DESCONTROLADA!...

MACKENZIE TENDO UM CHILIQUE!

Então ela começou a distribuir ADVERTÊNCIAS!

Brandon, Theo e Marcus receberam UMA advertência cada. Chloe, Zoey e Violet, DUAS advertências cada. E eu recebi CINCO advertências! Pela mesma reunião.

Mas PIORA! MacKenzie me deu mais TRÊS advertências por NÃO ter limpado o nosso quarto, apesar de ELA ter feito a BAGUNÇA!

E agora, se eu receber mais DUAS advertências, posso ser mandada EMBORA da turnê pelo Trevor ☹!

Tenho certeza de que a MacKenzie ADORARIA pegar o meu lugar!

Eu me sinto PÉSSIMA pelo Brandon estar tendo que lidar com todo o DRAMA da Amigos Peludos enquanto está em turnê. Temos trocado mensagens de texto nas últimas vinte e quatro horas, pensando em ideias para salvá-la.

Mas talvez eu tenha que dizer a ele a VERDADE a respeito do acordo que fiz com a MacKenzie.

Só espero que ele me perdoe.
☹!

DOMINGO, 27 DE JULHO

Quando terminamos o show em Phoenix ontem à noite, pegamos um voo à meia-noite para Boston. Eu mal dormi nessa longa viagem. Estava TÃO EXAUSTA que não fazia ideia de como me manteria ACORDADA durante o show de hoje!

Assim que chegamos ao hotel, tomamos café da manhã. Trevor, então, fez um GRANDE anúncio à Bad Boyz, aos meus colegas de banda e a mim. "Ótimas notícias! Faremos o maior show da turnê inteira amanhã em Nova York! E vai ser FILMADO e transmitido em rede NACIONAL posteriormente!", ele exclamou.

Não era nada muito importante para os garotos da Bad Boyz, porque eles já tinham aparecido na televisão um milhão de vezes. Mas era ENORME para NÓS! Ei, depois desse show, poderíamos nos tornar ESTRELAS FAMOSAS DO POP! ÊÊÊÊÊÊ ^^^^^^ ☺!!

Meus colegas de banda e eu estávamos SUPERanimados e falando a respeito no caminho de volta aos quartos.

MacKenzie deve ter nos ouvido no corredor ou algo parecido, porque, assim que eu passei pela porta, ela começou a me fazer perguntas a respeito do show em Nova York.

"AI, MEU DEUS! Não acredito que vocês vão aparecer em REDE NACIONAL!", ela gritou. "Eu sempre quis aparecer na TV, e com certeza tenho um rosto bonito para isso! Ser vista por milhões de pessoas poderia alavancar a MINHA carreira e mudar a MINHA VIDA totalmente! Vocês têm MUITA sorte!"

"Obrigada! Estamos bem animados também!", sorri.

De repente, MacKenzie estreitou os olhos para mim. "Agora, pensando bem, fazer um show em rede nacional seria a maneira PERFEITA de eu tentar a vaga na Bad Boyz, em vez de esperar até o último show! Então, Nikki, precisamos começar a planejar a MINHA grande estreia agora mesmo!"

Arfei, chocada! A MacKenzie estava mesmo falando sério?

Nós nos encaramos! E foi tão INTENSO que pareceu durar uma ETERNIDADE!. . .

MACKENZIE E EU NOS ENCARANDO!

Certo, uma coisa era deixar que ela subisse no palco nos ÚLTIMOS dez minutos do nosso ÚLTIMO show no FIM da turnê!

Mas NÃO HAVIA COMO eu permitir que ela subisse no palco EM REDE NACIONAL no nosso maior show no MEIO da turnê!

"Sinto muito mesmo, MacKenzie, mas NÃO posso fazer isso! Ou é no último show, como combinamos, ou o acordo está desfeito!"

"BELEZA! Vou ligar para o meu pai e pedir para ele seguir em frente com os planos para tornar a Amigos Peludos um ESTACIONAMENTO!", ela vociferou. "E vai ser TUDO SUA CULPA!"

AI, MEU DEUS! Eu estava tão frustrada que minha vontade era... GRITAR!!

E também estava CANSADA de ser manipulada pela MacKenzie. Eu me RECUSAVA a continuar permitindo isso! Sabia exatamente o que tinha que fazer!

Peguei o elevador até o saguão e encontrei um lugar reservado. Apesar de estar tão nervosa a ponto de minhas mãos tremerem, teclei um número de telefone.

"Oi, Trevor! Aqui é a Nikki! Será que eu posso te encontrar o mais rápido possível? Preciso contar uma coisa a você, aos meninos da Bad Boyz e aos meus amigos de banda. E não é a melhor notícia!"

"Bom, a menos que seja uma emergência, vai ter que esperar um pouco, Nikki. Minha programação para as próximas vinte e quatro horas está MALUCA! Estou em reunião com os Boyz no momento. Depois disso, tenho uma reunião com o produtor de TV que vai filmar o show em Nova York. E, claro, temos o show de Boston à noite."

"Compreendo que você esteja SUPERocupado! Mas eu só preciso de cinco minutos!", implorei.

"Tudo bem! Eu te dou cinco minutos. Já marquei uma reunião para amanhã depois do almoço para atualizar todo mundo a respeito do nosso grande show em Nova York. Mas, por favor, tente não se preocupar, Nikki. Sei que essa rotina de turnê é cansativa, e você provavelmente está exausta. Mas eu garanto, estou neste negócio há muito tempo, e o que você acha que é um DESASTRE TOTAL provavelmente não passa de um PEQUENO INCONVENIENTE."

"Obrigada, Trevor. Só espero que você ainda pense assim amanhã!", falei antes de desligar.

Eu planejava contar a todos na reunião o acordo que tinha feito com a MacKenzie e como tudo tinha fugido de controle. Então, arrumaria minhas coisas e iria embora para CASA! Eu tinha certeza de que seria DEMITIDA na hora, provavelmente pelo Trevor e, com certeza, pela Victoria.

Também havia a possibilidade de o Brandon, a Chloe e a Zoey ficarem tão BRAVOS comigo que não quisessem mais ser meus amigos nem colegas de banda.

De repente, recebi uma mensagem de texto. Pensei que fosse do Brandon, mas era da minha mãe e do meu pai! Estava escrito...

SURPRESA ☺! Um ônibus lotado de familiares e fãs aqui da nossa cidade está partindo para o show de amanhã em Nova York! Até mais! Brianna e Margarida mandaram oi! Abraços e beijos ☺!

QUE ÓTIMO ☹!

Agora eu seria publicamente HUMILHADA na frente dos meus PAIS e de um ÔNIBUS CHEIO de pessoas ALEATÓRIAS da minha cidade!

Bom, pelo menos eu teria como ir para CASA...

EU, PEGANDO O ÔNIBUS DE VOLTA PARA CASA DEPOIS DE SER DEMITIDA DA TURNÊ!

Minha vida é tão RIDÍCULA ☹!!

SEGUNDA-FEIRA, 28 DE JULHO

Hoje cedo fizemos um voo curto de Boston a Nova York.

Todo mundo estava MUITO animado com o show em Nova York. Menos eu ☹. Eu me sentia cansada, frustrada e sobrecarregada. POR QUÊ?

A MACKENZIE estava acabando com o restante da minha PACIÊNCIA!!

Apesar de eu ter deixado totalmente claro que NÃO permitiria que ela chegasse PERTO do palco, eu a escutei no telefone dizendo para Tiffany que estava ensaiando TRÊS coreografias para as TRÊS canções que tocamos na abertura do show.

QUE ÓTIMO ☹!

A MacKenzie pretendia simplesmente INVADIR o PALCO durante a NOSSA apresentação e basicamente MONOPOLIZAR o show INTEIRO!!

Em rede nacional!!

Tipo, QUEM faz isso?!! Ela também disse que Victoria havia dado permissão para ela participar de uma importante reunião no almoço de hoje com Trevor e o pessoal da turnê.

MacKenzie estava MUITO FELIZ porque FINALMENTE conheceria a... Bad Boyz!!

E ela tinha planejado cada detalhe.

Primeiro, ela vestiria a roupa mais cara que tinha, passaria sombra com glitter e TRÊS camadas de gloss para chamar atenção.

Segundo, ela tiraria UM MONTE de fotos para postar nas redes sociais dela e conseguir ainda MAIS seguidores.

E, terceiro, ela planejava começar a espalhar nas redes o RUMOR de que estava namorando um dos garotos da Bad Boyz, o primeiro que posasse abraçado com ela para uma SELFIE!

EU SEI ☹! Também não acredito! A MacKenzie é uma MENTIROSA patológica!...

O NOVO NAMORADO DA BAD BOYZ DA MACKENZIE!

Fiquei até feliz por saber que ela participaria daquela reunião.

Eu pretendia EXPOR todo o DRAMA SEM FIM que ela estava criando na minha vida, na vida do Brandon e na turnê!

MacKenzie merece muito ser DEMITIDA da vaga de estagiária por não fazer seu trabalho e ser EXPULSA da turnê por perturbar as pessoas ali!

Ouvi Trevor dizer a Victoria que o show de Nova York era tão importante que ele concordou em deixar os Boyz dormirem até meio-dia, para que eles estivessem bem descansados para as câmeras de TV à noite.

Eu sinto pena, porque acho que eles estão MAIS exaustos do que eu.

No último ano, eles viajaram pela Europa, Ásia e Estados Unidos. Costumam ir para a cama depois da meia-noite e acordam às 6h todo dia para dar entrevistas para a TV, rádio e revistas até meio-dia. Depois disso, eles têm reuniões, ensaios, sessões de gravação, coreografia, passagem de som e um show, com pouco ou nenhum tempo para eles.

Apesar de serem astros pop famosos no mundo todo, eles têm uma vida muito DIFÍCIL e pouco divertida.

Bom, para o caso de eu ser expulsa da turnê por causa do FIASCO com a MacKenzie, decidi enviar uma mensagem a todos os membros da minha banda.

Disse a eles que naquele dia eu contaria a todos algo que andava me perturbando muito.

E que, independentemente do que acontecesse, eu sempre VALORIZARIA a amizade deles!

Acho que eles não me levaram muito a sério, porque Chloe e Zoey me enviaram a seguinte resposta:

> Recebemos sua mensagem. Mas não se preocupe! A Brianna já nos contou sobre suas pernas peludas e remela nos olhos quando você acorda! Ainda assim te amamos, Nikki!

Em seguida, elas tiveram a coragem de acrescentar um emoji chorando de rir. QUE GROSSERIA ☹!!

Para deixar as coisas ainda piores, elas também encaminharam essa mensagem para Violet, Brandon, Marcus e Theo!

Sim, a Chloe e a Zoey são as minhas melhores amigas, mas eu NÃO gostei quando elas expuseram as minhas COISAS pessoais desse jeito!

Logo eram 13h30, hora da nossa reunião de almoço. Todo mundo se encontrou na sala de reuniões para uma refeição compartilhada de macarrão com frango.

MacKenzie se sentou ao lado de Victoria e ficou olhando para mim com os olhinhos maldosos de serpente!

Eu estava tão nervosa que não consegui comer nada. Só fiquei remexendo a comida no prato com o garfo.

Às 14h30, Trevor estava um pouco preocupado porque os Bad Boyz tinham perdido o almoço. Mas ele nos disse que os meninos provavelmente tinham almoçado no quarto.

Avisou que começaria a reunião assim que eles terminassem de comer e descessem.

Enquanto isso, ele ligou a TV de tela plana na sala e os rapazes decidiram assistir a um jogo de beisebol.

Às 15h, Trevor estava bem preocupado com os Boyz.

Ele ligou para o chefe da segurança e pediu para ele ir aos quartos, acordá-los, arrastá-los para fora da cama e levá-los pessoalmente à reunião.

Victoria disse a Trevor que tínhamos passagem de som no estádio às 16h e estávamos ficando atrasados.

Então Trevor diminuiu o som da TV, pigarreou e começou a reunião.

Ele tocou no próprio relógio e me disse que eu tinha só CINCO minutos.

Eu me levantei e todo mundo ficou olhando para mim com curiosidade.

Abri uma carta que tinha escrito, respirei fundo e comecei a ler...

EU, LENDO MINHA CARTA

Fui interrompida por aplausos entusiasmados de todos.

Mordi o lábio e continuei: "Estou aqui hoje porque gostaria de dividir com vocês algumas experiências recentes que vivi na turnê".

De repente, os olhos da Mackenzie ficaram arregalados e seu rosto ficou bem vermelho.

Ela pegou o telefone e começou a mandar mensagem de texto para alguém, desesperada. Obviamente, para a melhor amiga dela, a Tiffany!

Quando eu estava prestes a continuar, fui interrompida de modo grosseiro. DE NOVO!

O chefe de segurança entrou correndo na sala, acompanhado por quatro outros homens, e correu em direção a Trevor.

"SÃO OS BAD BOYZ, SENHOR! TENHO NOTÍCIAS RUINS!"

Todos eles estavam ofegantes, os pontos auriculares tinham se soltado das orelhas e agora pareciam brincos.

"ENTRAMOS NO QUARTO DELES COMO O SENHOR MANDOU! E ELES... HUMM... SUMIRAM!"

"COMO ASSIM, SUMIRAM?!", Trevor gritou. "Cada um deles tem uma equipe de dois seguranças que passa vinte e quatro horas de olho neles. São OITO profissionais altamente treinados cuidando de QUATRO garotos! COMO eles podem ter SUMIDO?!"

"Eu não sei, senhor! Mas eles NÃO estão no quarto! E os seguranças da área dos elevadores não os viram saindo!"

"Nikki, vamos interromper esta reunião, por favor", Trevor disse, fazendo um gesto para que eu me sentasse.

Eu me sentei. Rápido.

Foi quando Mallory entrou. "Trevor, os carros chegaram para levar todo mundo ao estádio para passar o som e fazer os testes de iluminação! Está na hora de..." Ela ficou paralisada e olhou ao redor, confusa. "Humm... ONDE estão os Boyz?!"

Todo mundo na sala meio que ficou trocando olhares e dando de ombros.

Torci para ser só mais uma pegadinha.

Mas Trevor estava FURIOSO, e não estava achando graça!

Tínhamos um show com ingressos esgotados para ser televisionado na cidade de Nova York em poucas horas!

E a ATRAÇÃO PRINCIPAL tinha desaparecido!!

Aquela turnê dos SONHOS estava se transformando em um PESADELO!

☹!

TERÇA-FEIRA, 29 DE JULHO

A Bad Boyz, uma das boy bands mais famosas do mundo, basicamente tinha desaparecido da face da Terra!!

Todo mundo ficou DESESPERADO!!

Trevor convocou uma reunião de emergência com as equipes de segurança da turnê e do hotel.

Em poucos minutos, eles se espalharam em todas as direções para conferir a piscina, o spa, a academia, os restaurantes e a cafeteria, à procura de sinais dos garotos.

Todo o restante esperou ansiosamente na sala de reuniões, para o caso de os Boyz decidirem aparecer para a reunião mais tarde, para causar impacto. Ou com câmeras escondidas para um episódio ao vivo do popular programa da Teen TV, *Te peguei!*

Enquanto isso, MacKenzie estava tendo um chilique! Ela ligou para a melhor amiga para atualizá-la sobre o que estava acontecendo.

"Ai, meu Deus! Tiffany, minha reunião com a Bad Boyz se transformou em um DESASTRE! Não! Eles não disseram que meu VESTIDO é FEIO!! Estou totalmente GLAMOROSA e meu gloss está arrasando, mas os Bad Boyz nem se deram o trabalho de aparecer! Nenhum deles! Tiffany, foi HORRÍVEL! COMO vou conseguir mais seguidores nas redes sociais ou soltar o BOATO de que um deles é meu NAMORADO se não consigo nem tirar uma SELFIE com um Boyz? Tiff, minha vida está ARRUINADA!!"

SÉRIO, MacKenzie?!! DESCULPA, MAS NÃO ESTOU NEM AÍ ☹!

Eu estava começando a ficar um pouco preocupada, quando notei algo sobre a mesa, perto do Trevor...

AI, MEU DEUS! ERA UM MUFFIN DE ANIVERSÁRIO ☹!!

Trevor estava no celular, tentando acalmar a produtora de televisão. Então perguntei a Mallory sobre o muffin.

"Bom, é meio uma piada interna, mas é o muffin de aniversário. Hoje é aniversário do Nick, e íamos entregar o muffin a ele e cantar 'Parabéns pra você' durante a nossa reunião!", Mallory explicou.

"HOJE É ANIVERSÁRIO DO NICK?!!", perguntei, assustada.

"Sim, infelizmente é no mesmo dia do nosso grande show", disse Mallory. "A coisa toda começou com uma pegadinha quando Aidan deu a Trevor um muffin murcho de presente de aniversário. E agora meio que virou uma tradição da turnê. É meio bobo, mas sempre faz a gente rir."

Minha cabeça não PARAVA DE RODAR! Nick tinha dito algo sobre um muffin de aniversário. E eu o havia convencido a comemorar seu PRÓXIMO aniversário com familiares e amigos!

Mas, quando eu disse isso, não tinha IDEIA de que o aniversário dele seria dali a APENAS uma semana!

E no mesmo dia de um baita show televisionado!

Com base nas revistas que eu tinha lido, Nick era de Nova York! Isso significava que sua família e amigos estavam em... AI, MEU DEUS!!

Se Nick não fosse ao show de hoje à noite por estar comemorando seu aniversário, seria tudo culpa MINHA ☹!!

Eu tinha um palpite de onde ele podia estar, mas e os outros Boyz?!

Eu estava tentando me lembrar do que havia dito a cada um deles, quando vi um comercial de TV...

O anúncio da água mineral Refresca parecia muito familiar. Eu tinha CERTEZA de tê-lo visto em algum lugar...!

Então lembrei!

Estava na parte de trás da REVISTA DE SKATE do Aidan!

Aquela que ele estava LENDO quando eu disse para ele que seria LEGAL visitar PISTAS DE SKATE!!

Aidan provavelmente estava no evento para skatistas da Refresca. E era tudo culpa MINHA ☹!

O que significava que era culpa MINHA VICTOR estar provavelmente alimentando ESQUILOS no Central Park ☹!!

E também era culpa MINHA Joshua provavelmente estar na BIBLIOTECA PÚBLICA DE NOVA YORK ☹!!

Mas e o SHOW deles à noite com milhares de FÃS?!

E se os Boyz decidissem que queriam ser caras normais, e não astros pop famosos?!

Eu só estava tentando animá-los quando dei a todos esses conselhos, para que se sentissem à vontade com eles mesmos e tentassem aproveitar a vida.

E fui sincera em tudo o que disse!

Mas e se eu, Nikki Maxwell, fosse pessoalmente responsável por...

ACABAR COM A BAD BOYZ?!

Milhões de fãs da banda pelo mundo me ODIARIAM!

E eu passaria instantaneamente de FAMOSA para INFAME!

NÃÃÃÃÃOOOOO!!!

(Essa sou eu gritando!)

☹!!!

QUARTA-FEIRA, 30 DE JULHO

Bom, houve BOAS e MÁS notícias!

A boa notícia é que os Boyz finalmente entraram em contato com Trevor perto das 16h, por mensagem de texto, e disseram que estavam BEM e EM SEGURANÇA! Estavam só mental e fisicamente exaustos, ansiosos, esgotados, frustrados, estressados, irritados e emocionalmente exauridos por causa da rotina intensa do último ano.

E, como eu tinha sugerido, eles passaram o dia relaxando, passeando e fazendo o que gostavam.

SIM! Cada um deles ouviu o MEU conselho ☺!

Eu tinha ajudado os Boyz a entenderem o que era de fato importante para eles, e isso fez com que eu ME sentisse uma jovem madura, inteligente e responsável.

Eu estava prestes a contar isso ao Trevor quando ele suspirou, balançou a cabeça, frustrado, e reclamou para Mallory e sua equipe.

"Sei que os Boyz ainda são jovens, mas o que eles fizeram foi absurdamente IRRESPONSÁVEL! Temos milhões de dólares investidos na carreira deles e nesses shows, e eles não podem simplesmente NÃO aparecer quando não estiverem a fim!", disse ele, irado.

Foi quando eu decidi que TALVEZ não fosse uma ideia muito boa contar o que eu pretendia a Trevor.

A notícia ruim é que não tínhamos certeza se os Bad Boyz iam aparecer para o show de Nova York. Não tínhamos notícias deles desde a mensagem de texto!

Trevor admitiu que a situação era, em grande parte, culpa dele. "Não sei o que vai acontecer hoje à noite, Nikki, mas gostei de ter você e a sua banda nesta turnê. E, para ser sincero, nos últimos dois meses os Boyz têm andado estressados e brigando como cães e gatos! Estávamos pensando seriamente em reagendar a última fase da turnê para dar um tempo para que eles pudessem descansar um pouco. Mas, infelizmente, pode ser tarde demais para isso! Eu devia ter feito alguma coisa para corrigir esse problema há muito tempo."

"Talvez NÃO seja tarde demais", falei. "Principalmente se você estiver disposto a mudar a agenda para que os garotos possam ter uma vida mais equilibrada."

"Eu concordo", Trevor assentiu. "O mais estranho é que eles estão se dando muito bem desde que a sua banda veio para a turnê. Vocês parecem ter tido um efeito positivo neles. Não sei bem por quê. Bom, seria triste se os Boyz acabassem com a banda e cada um seguisse o próprio caminho. Eles são SUPERtalentosos e bons garotos. Mas, infelizmente, essa é uma possibilidade real!"

OS BAD BOYZ VÃO SE SEPARAR ☹?!!

A BOA NOTÍCIA era que Trevor estava ENGANADO a respeito da NOTÍCIA RUIM!

Na manhã seguinte, estava estampado nos noticiários, nas redes sociais e nas colunas de fofoca de Hollywood.

A TURNÊ DA BAD BOYZ FOI CANCELADA ☹!!

MAS TODAS AS DATAS SERÃO REAGENDADAS DEPOIS QUE ELES FIZEREM UM INTERVALO MUITO NECESSÁRIO APÓS A TURNÊ MUNDIAL DE UM ANO ☺!!

O anúncio foi feito DEPOIS que a Bad Boyz se apresentou e ARREBENTOU no show de ingressos esgotados em Nova York!! E claro que a minha banda, Na Verdade, Ainda Não Sei, foi a GRANDE atração de abertura!

Apesar do plano MAQUIAVÉLICO da MacKenzie, ela não conseguiu ESTRAGAR nosso show INVADINDO o palco na intenção de dançar! E ela NÃO CONSEGUIU conhecer os garotos da Bad Boyz e fingir que um deles era seu namorado!

Principalmente porque eu cuidei para que ela NUNCA, NUNQUINHA conseguisse um passe de acesso aos BASTIDORES ☺! Eu não confiei que a MacKenzie cumpriria sua parte no acordo, não MESMO! Nem acreditei que ela me ajudaria a salvar a Amigos Peludos, independentemente do que fizéssemos, e eu estava tão CANSADA do TERRORISMO feito por ela que simplesmente ESTOUREI!

O show de Nova York vai passar na televisão semana que vem, e mal posso esperar para ver!

Bom, tenho pensado em POR QUE os membros da Bad Boyz pararam de brigar quando entramos para a turnê.

Principalmente porque eu só ouvi todos eles, tentei dar apoio e conselhos a respeito das coisas com que estavam tendo mais dificuldade.

Assim como Chloe, Zoey, Brandon e eu fazemos uns com os outros, já que somos melhores amigos.

Foi quando finalmente entendi!

Para cada garoto da Bad Boyz, eu fui apenas...

A AMIGA DE QUE ELES PRECISAVAM ☺!

NÃO uma empresária!

NÃO uma diretora de criação!

NÃO uma equipe de apoio!

E NÃO uma superfã!

Tá, tudo bem!

EU MENTI!

COM CERTEZA EU SOU UMA SUPERFÃ!!

Mas MESMO ASSIM!!

☺!

QUINTA-FEIRA, 31 DE JULHO

Chloe, Zoey, Brandon, Violet, Theo, Marcus e eu chegamos em casa depois da turnê com a Bad Boyz na terça-feira, perto do meio-dia ☺!

A MacKenzie também ☹! Eu ainda não consigo acreditar que SOBREVIVI ao período em que DIVIDI um quarto com ela. Foram dez longos e AGONIZANTES dias!

Eu CAÍ na cama e dormi pelo que pareceram vinte e quatro horas seguidas! AI, MEU DEUS!! Foi MARAVILHOSO voltar a dormir na minha PRÓPRIA cama! Com a Brianna BATENDO na porta, RECLAMANDO E ME PERTURBANDO sem parar ☺!

Participar da turnê da Bad Boyz foi muito DIVERTIDO! Mas também foi mental e fisicamente exaustivo! Dependendo do intervalo que eles fizerem, minha banda pode não conseguir terminar a turnê com eles.

Já contei à MacKenzie que nosso acordozinho ACABOU! Eu meio que mandei um TCHAU, MIGA!!

SINTO MUITO! Mas, se ela quiser fazer o teste para a Bad Boyz, vai ter que postar um vídeo online e ser IGNORADA como todas as outras pessoas!

Enquanto isso, vou aproveitar o restante do verão e passar um tempo com minhas amigas e meu crush. Não acredito que as aulas começam em menos de QUATRO semanas!

Brandon me enviou uma mensagem com notícias FANTÁSTICAS! Os avós dele FINALMENTE receberam o novo contrato do aluguel do prédio da Amigos Peludos! ^^^^^^
EEEEEE ☺!!

Brandon disse que ele só soube quando chegou em casa, mas o contrato foi enviado no começo da semana, na segunda, perto das 15h30, para ser mais exato.

Foi mais ou menos na hora em que eu estava lendo minha carta ao Trevor e prestes a ENTREGAR a MacKenzie naquela reunião. Quando ela começou a surtar enviando mensagem, pensei que fosse para a Tiffany. Mas estava enganada! Devia ser para o pai dela! E ele enviou o contrato na hora! E RÁPIDO!

PROBLEMA RESOLVIDO ☺!

De qualquer modo, Brandon passou em casa e perguntou se eu queria PASSEAR!

Ele disse que, depois de uma longa turnê com a Bad Boyz, agora era um grande fã e tinha acabado de comprar o último disco deles. Perguntou se eu queria ouvir com ele.

A Chloe e a Zoey me deram esse disco de aniversário, e eu JÁ tinha ouvido mil vezes!

Mas decidi NÃO mencionar esse detalhe sem importância para Brandon.

Eu disse a ele: "SIM!" Então sugeri generosamente que compartilhássemos MEUS fones de ouvido!

Não consigo evitar.

Eu sou MUITO TONTA!!
☺!!

AGRADECIMENTOS

Há dez anos, escrevi um manuscrito sobre uma menina nada popular de catorze anos chamada Nikki J. Maxwell. Em seu diário, ela contava sobre suas aventuras no ensino médio com excesso de drama, um forte senso de humor e ilustrações expressivas. Nunca, nem sonhando, eu me imaginava aqui, dezesseis livros depois, celebrando meu aniversário de dez anos com um elenco de mais de cinquenta personagens diferentes aos quais demos vida ao longo dos anos!

Nada disso teria sido possível sem minha ESPETACULAR diretora editorial, Liesa Abrams Mignogna. Desde o primeiro dia, você tem sido uma inspiração para mim, e fico muito feliz por estar nesta jornada com você! A cada livro você demonstra sua liderança e criatividade e por que é a melhor na indústria literária. Sou grata por ter você na equipe da Garota Nada Popular e fico feliz porque, depois de dez anos, eu ainda consigo te fazer rir alto!

Agradecimentos especiais à minha diretora de arte SUPERtalentosa, Karin Paprocki. Você consegue pegar um conceito simples e transformá-lo em uma obra de arte colorida, elevando o nível a cada capa de livro. Você integra texto e arte milagrosamente, em uma narrativa perfeita, página após página, ano após ano.

Para minha MARAVILHOSA editora, Katherine Devendorf. Obrigada por seu conhecimento, atenção aos detalhes e ajuda para nos manter produzindo ao longo do processo de edição.

E um agradecimento especial a Mara Anastas, que tem sido a bússola que direcionou esta linda série para um caminho de sucesso contínuo. Obrigada por acreditar no *Diário de uma Garota Nada Popular*!

A Daniel Lazar, meu agente BRILHANTE na Writers House. Em 2009, você viu algo especial em mim que eu ainda não tinha descoberto. E você sabia que eu havia criado uma voz interessante que atrairia crianças de todo o mundo. Hoje dou risada quando penso que a Nikki poderia ter tido uma fada-padrinho! Obrigada por sua amizade, pelos SONHOS GRANDES e pelo apoio incansável. Fico feliz por comemorar este marco maravilhoso com você e estou ansiosa para viver os próximos dez anos!

Para a minha INCRÍVEL equipe na Aladdin/Simon & Schuster, Rebecca Vitkus, Chriscynethia Floyd, Jon Anderson, Julie Doebler, Caitlin Sweeny, Anna Jarzab, Alissa Nigro, Lauren Hoffman, Nicole Russo, Lauren Carr, Jenn Rothkin, Ian Reilly, Christina Solazzo, Elizabeth Mims, Lauren Forte, Crystal Velasquez, Stephanie Voros, Amy Habayeb, Michelle Leo, Sarah Woodruff, Christina Pecorale, Gary Urda e a equipe inteira de vendas. Obrigada por tudo! Vocês são admiráveis e o sonho de qualquer autor.

Um agradecimento especial à EXTRAORDINÁRIA família Writers House, incluindo Torie Doherty-Munro e minhas agentes de direitos internacionais, Cecilia de la Campa e Alessandra Birch, por todo o trabalho árduo e a dedicação à série. E a Deena, Zoé, Marie e Joy, obrigada pela ajuda para tornar a Garota Nada Popular tão TONTA!

Para minha filha INCRÍVEL e ilustradora FENOMENAL, Nikki. Obrigada por sempre estar ao meu lado. Eu não teria conseguido sem você! Tenho testemunhado seu crescimento como artista e estou SUPERanimada para ver qual será sua próxima conquista! E a Kim, Doris, Arianna e minha família toda! Obrigada pelo amor incondicional e pelo apoio.

E por último, mas não menos importante, aos fãs da minha Garota Nada Popular! Obrigada por amarem minha série de livros. E lembrem-se sempre de deixar seu lado Nada Popular brilhar!

Feliz aniversário de dez anos!
^^^^^^
EEEEEE ☺!!

Rachel Renée Russell é autora

número um na lista de livros mais vendidos do *New York Times* pela série de sucesso Diário de uma Garota Nada Popular e pela nova série Desventuras de um Garoto Nada Comum.

Rachel tem mais de quarenta e cinco milhões de livros impressos pelo mundo, traduzidos para trinta e sete idiomas.

Ela adora trabalhar com sua filha Nikki, que a ajuda a ilustrar os livros.

A mensagem de Rachel é: "Sempre deixe o seu lado nada popular brilhar!"